여왕의 박물관

여왕의 박물관

원작: 프랭크 리처드 스톡턴 Frank Richard Stockton
옮긴이: 신찬범
북커버 및 내지 디자인: 북스트릿
표지그림: Camila Rodrigues (pixabay.com)
E-mail: invino70@gmail.com
Homepage: https://bookstreetpress.modoo.at
Blog: blog.naver.com/invino70
Fax: 0504-405-6711
펴낸곳: 북스트릿
주소: 서울시 은평구 연서로 17길 28-10 302호
초판 2021년 6월 10일

© 2021 북스트릿 BookStreet
북스트릿의 허락없는 이 책의 일부 또는 전부의 무단 복제, 전재, 발췌를 금합니다

ISBN: 979-11-90536-18-9

여왕의 박물관

프랭크 스톡턴

북스트릿

차례

여왕의 박물관 ··· 9

오른의 벌치기꾼 ··· 40

올드 파입스와 드리아드 ······························ 62

마법사의 딸과 군주의 아들 ························· 95

그리핀과 수도사 ·· 126

숙녀일까 호랑이일까? ······························· 153

망설임 징벌자 ·· 166

작품 소개 ··· 179

여왕의 박물관

여왕의 박물관

옛날 어느 왕국의 수도에 커다란 박물관을 지은 여왕이 있었다.

여왕은 이 박물관을 매우 자랑스러워했고, 작품을 수집하고 넓은 전시장에 전시하는 일에 많은 시간을 보냈다. 박물관은 시민들의 교양을 높이려는 의도로 지어졌지만, 결과는 매우 실망스러웠다. 여왕이 알 수 없는 무슨 이유에선가 사람들은 여왕의 박물관에 별로 흥미가 없었다. 여왕에게 세상에서 이 박물관보다 즐거운 데는 없었고, 매일 박물관에 있는 수천의 전시물을 검토하고 연구하며 많은 시간을 보냈다. 박물관의 전시물을 보러 도시 여기저기에서 어쩌다 사람이 오기는 했지만, 대개의 사람이 조금의 흥미도 느끼지 못했다. 여왕이 처음에는 이를 서글프게 생각했고, 더 나은 박물관을 만들기 위해 애를 썼다. 그러나 아무리 해도 소용이 없게 되자, 여왕은 매우 화가 났으며, 박물관에 흥미가 없는 성인成人은 누구든 감옥에 가두겠다는 칙령을 발포했다.

이 도시의 사람들에게 이 칙령은 엄청난 충격이었다. 사람들이 박물관으로 몰려들었고, 흥미를 느끼기 위해 최선의 노력을 다했으나, 그 시도는 거의 다 실패로 돌아갔으며, 도무지 아무런 감흥을 느끼지 못했다. 그 결과 수백, 수천의 사람들이 감옥에 보내졌고, 기존의 감옥이 부족해져서 커다란 임시 감옥이 도시 곳곳에 세워졌다. 다른 사람이 대체할 수 없는 일이나 활동을 해야 하는 사람은 낮에 가석방으로 나왔지만, 밤에는 다시 감옥으로 돌아가야 했다.

어느 날 이런 안타까운 지경에 처한 도시로 한 이방인이 왔다.

이방인은 수많은 감옥을 보고 당황했고, 어느 감옥의 창살로 가 보니 창살 너머에 고매한 인품이 느껴지는 시민이 눈에 띄었으며, 그에게 무슨 일이 있었는지를 물었다. 그 시민이 어떻게 된 일인지를 설명했고, 눈에 눈물이 고인 채 덧붙였다.

"아, 이방인이여. 박물관에 흥미를 느껴보려고 무척이나 노력했지만, 아무 소용이 없었다오. 조금도 박물관에 관심이 가지 않았소. 게다가 앞으로도 그럴 게 확실하니, 내 여생을 이 감옥에서 비참하게 보내겠구려."

이방인이 계속해서 길을 가다 집에서 나오는 어느 아이들의 엄마를 만났다. 그녀의 얼굴은 창백했고, 애통하게 울고 있었다. 연민을 느낀 이방인이 멈춰 서서 무슨 일인지를 물었다.

"아, 이방인이여." 그녀가 말했다.

"일주일 동안 내 사랑하는 아이들을 위해 박물관에 흥미를 느껴보려고 했습니다. 한때는 잘 되리라 생각했지만, 헛된 기대에 불과했습니다. 아무래도 안 되는 일이었습니다. 나는 아이들과 헤어져 감옥에 가야 합니다."

이방인은 이 일들과 곧바로 마주치게 된 많은 유사한 일들로 인해 마음이 안 좋았다.

"이건 매우 부당하다! 너무나 부조리해!" 이방인이 생각했다.

"이렇게 문제가 많은 도시는 본 적이 없다. 얘기를 들어보니, 박물관에 흥미를 느낀 사람이 있는 가족을 찾기가 힘들어. 여왕을 만나 얘기해 봐야겠다."

이방인이 여왕의 궁궐로 향했다.

때마침 이방인이 매일 아침 방문하는 박물관으로 가려는 여왕을 만났다. 자신이 이방인임을 밝히고 잠시 접견을 원한다고 하자, 여왕이 멈춰 서서 이방인에게 말했다.

"그대는 나의 박물관을 다녀왔소?" 여왕이 물었다.

"이 도시에서 박물관만큼 그대가 관심을 둘 만한 가치가 있는 게 없다오. 다른 걸 보기 전에 박물관에 가 보는 게 좋을 거요. 그대는 넓은 이마와 지적인 얼굴을 하고 있으니, 틀림없이 박물관에 깊은 흥미를 느낄 듯하오. 나 또한 박물관으로 가는 길이고, 박물관의 훌륭한 전시물이 이방인의 눈에 어찌 보이는지 알게 된다면 기쁘겠구려."

이방인은 여왕의 제안이 별로 마음에 들지 않았다. 그동안 들은 얘기를 근거로 추정컨대, 그가 박물관에 간다면 머지않아 감옥에 갇힐 게 분명했으므로, 궁궐로 오던 중에 떠올랐던 생각을 서둘러 여왕에게 얘기했다.

"저는 박물관 문제로 여왕님을 뵈러 왔습니다. 시민의 흥미를 끌 만한 걸 박물관에 기증하게 해 주시길 부탁드리려고 합니다. 모두가 흥미를 느끼는 게 바람직하다고 생각합니다."

"물론이요." 여왕이 말했다.

"왜 모두가 이미 박물관에 비치된 전시물만으로도 열정적인 흥미를 일으키지 못하는지 모르겠지만, 뭐가 됐든 박물관의 가치를 높인다면 받아들이겠소."

"그렇다면, 기증할 물건을 구하기 위해 잠시도 지체하면 안 될 거 같습니다." 이방인이 말했다.

"그렇게 하시오. 언제쯤 돌아올 생각이오?" 여왕이 물었다.

"적어도 며칠은 걸릴 거 같습니다."

"일주일 내에 돌아온다고 맹세하고, 바로 떠나도록 하시오."

이방인이 맹세하고, 궁궐을 나왔다.

이방인이 어느 식당에서 구한 음식을 가방에 채워 넣고, 도시를 빠져나오는 문을 통해 도시 바깥으로 나왔다. 넓은 벌판을 걸으며, 이방인이 생각했다.

"분명 나는 몹시 어려운 일을 하려 하고 있어. 저 도시에 있는 모든 이의 흥미를 끌 만한 걸 어디서 찾을지 모르겠다. 하지만 가족과 헤어지고 감옥에 갇혀야 하는 수많은 불행한 이들에 대한 연민의 감정이 벅차올라서, 그들을 위해 뭐든 해야겠어. 이 넓은 지역 어딘가에 모두가 흥미를 느낄 만한 걸 찾게 될 거야."

점심때가 되어서 이방인은 숲으로 뒤덮인 커다란 산허리에 이르렀다. 어느 쪽이든 구하는 걸 찾을 공산이 같다고 여겨졌고, 햇볕보다는 그늘이 낫겠다고 판단한 이방인은 숲속으로 들어갔으며, 산 쪽으로 이어지는 길을 따라 걸었다. 가장자리에 물냉이가 피어 있는 시냇물을 건넜고, 이내 커다란 동굴이 보였는데, 동굴 입구에 나이 지긋한 은둔처사隱遁處士가 앉아 있었다.

"아, 다행이야!" 이방인이 생각했다.

"이렇게 오묘한 자연 속에 사는 고결하고 존엄한 사람은 내가 얻으려는 게 뭔지 알지 몰라."

이방인이 은둔처사에게 인사하고, 길을 나선 사정을 얘기했다.

"안됐지만 당신은 구할 수 없는 걸 찾고 있는 듯하오." 은둔처사가 말했다.

"대개의 사람은 그리 총명하지 못해서 뭐든 진심으로 흥미를 갖기 쉽지 않소. 가축처럼 모이길 좋아하지만, 진정 뭐가 이로운지 모르고 지내지. 이 산허리에 편리하고 안락한 동굴이 있는데, 속세와 떨어져 사는 삶이 얼마나 더 즐겁고 발전적인지를 사람들이 안다면 동굴에 사람들이 가득 찰 거요. 어쨌든 최대한 돕고는 싶은데, 당신이 찾는 게 훌륭한 가치가 있다고 생각하기 때문이오. 내가 직접 뭘 할 수는 없지만, 돌아다니기를 좋아하고 신기한 물건을 좋아하는 제자가 하나 있소. 그런 게 있을지 확신이 서지는 않으나, 당신이 구하려는 모두의 흥미를 일으키는 게 어디 있을지를 그 애가 말해 줄 수도 있을 거요. 원한다면 가서 제자를 만나 보시오. 제자가 당신을 돕게 당분간 제자의 공부를 면해 주겠소."

은둔처사가 양피지에 부재 허가서를 써서 이방인에게 건넸고, 제자가 있는 동굴을 가리켰다.

동굴은 산 위쪽으로 얼마쯤 떨어진 곳에 있었고, 이방인이 동굴에 가 보니, 땅에 누워 깊이 잠든 제자가 보였다. 제자는 긴 다리에 긴 팔에 긴 머리에 긴 코에 긴 얼굴을 가진 젊은이였다. 이방인이 제자를 깨워서 그가 온 이유를 설명하고 은둔처사의 부재 허가서를 건네자, 잠에 겨운 제자의 눈이 반짝였고 얼굴이 밝아졌다.

"월요일에 공부하지 않아도 되다니, 정말 기쁘네요." 제자가 말했다.

"평소에는 수요일과 토요일에 반나절 쉬는 거로 만족해야 하거든요."

"은둔처사가 엄하시니?" 이방인이 물었다.

"그렇습니다." 제자가 대답했다.

"늘 이 동굴에 머물러야 하지요. 평일에 낚시를 엄청나게 즐겼는데 말입니다. 지금까지 스승님을 딱 한 번 봤는데, 처음 절 제자로 받아들인 날이었습니다. 속세를 떠난 사람들이 서로 화기애애할 수는 없겠지요. 처사답지 않을 테니까요. 스승님은 제가 없는 오후에 여기 와서 다음 이삼일간 해야 할 일들을 적어놓고 가십니다."

"그럼 그 일들을 항상 실천하니?" 이방인이 물었다.

"다 실천하지는 못해요." 제자가 말했다.

"다른 데를 알아보는 게 낫지 않을까 하는 생각을 할 때가 종종 있습니다. 하지만 은둔처사가 되기로 마음먹었으니, 거기에 충실해야겠지요. 바로 출발하기로 하지요. 그 전에 동굴을 정리해야겠네요. 내가 없는 동안 스승님이 분명 와보실 테니까요."

이 말과 함께, 제자가 낡은 양피지 책의 표시된 페이지를 펼쳐 식탁으로 활용하는 평평한 돌 위에 놓았고, 해골과 여러 뼛조각을 제 위치에 놓았다.

둘이 길을 나섰는데, 제자가 낚싯줄과 낚싯바늘을 주머니에 넣었고, 수풀 아래에서 낚싯대를 꺼냈다.

"뭘 하려는 거니?" 이방인이 물었다.

"우리는 낚시를 하려는 게 아니다."

"왜 안 되나요?" 제자가 반문했다.

"적당한 곳에서 굉장히 진기한 걸 낚을지도 몰라요."

둘이 어느 시냇가에 이르렀고, 제자가 자기의 운을 시험해 보고 싶다고 주장했다.

이방인은 조금 지치고 배도 고파서, 잠시 앉아 가방에서 음식을 꺼내 먹기로 했다. 제자가 미끼를 구하러 가서 한참이 지나서야 돌아왔고, 이방인은 식사를 마친 참이었다. 마침내 돌아온 제자는 굉장히 흥분해 있었다.

"나와 같이 가요! 어서 갑시다!" 제자가 외쳤다.

"엄청 놀라운 걸 찾았어요! 빨리 가요!"

이방인이 일어나 서둘러 제자를 따라갔는데, 제자는 긴 다리로 산허리를 빠르게 질주했다. 어느 바위 절벽 밑에 있는 커다란 입구에 제자가 멈춰 서서 외쳤다.

"이리 들어오세요. 놀라운 걸 보여드리지요."

제자가 바로 입구 안으로 들어갔다.

어떤 신기한 걸 찾았기에 그러는지 궁금해진 이방인이 좁고 구불구불한 지하 통로로 제자를 따라갔다. 앞에 홀연히 높고 널찍한 동굴이 나타났는데, 천장에 난 구멍을 통해 빛이 들어오고 있었다. 바닥 여기저기에는 단단히 잠긴 여러 상자와 짐들과 비단과 비싼 옷감의 꾸러미들과 멋있는 함들과 다양한 값나가는 물건들이 널려 있었다.

"여기는 도대체 뭐 하는 곳일까?" 이방인이 매우 놀라며 말했다.

"모르시겠어요?" 기쁜 눈을 반짝이며 제자가 말했다.

"여기는 도둑의 소굴이에요! 이런 곳을 찾다니 대단하지 않나요?"

"도둑의 소굴이라고!" 이방인이 놀라 소리쳤다.

"어서 이곳을 벗어나야겠다. 도둑들이 들이닥쳐서 우리를 해칠지 몰라."

"도둑들이 금방 오지는 않을 거예요." 제자가 말했다.

"여기 이 보물들을 살펴보는 게 좋겠어요."

"도망쳐라, 이 어리석은 친구야!" 이방인이 소리쳤다.

"너는 네가 얼마나 위험한 짓을 했는지 모르는구나."

이방인이 말을 마치자마자, 동굴을 벗어나기 위해 돌아

섰다.

그러나 이미 때가 늦었으니, 도둑 두목과 그 일당이 동굴 안으로 몰려들었다. 도둑들이 이방인과 은둔처사의 제자를 보고는 칼을 빼 들고 달려들려 했는데, 제자가 앞으로 뛰어나와 긴 팔을 쳐들고 외쳤다.

"멈춰 주세요! 모든 게 실수입니다!"

이 말을 듣고 두목이 칼을 내렸고, 부하들에게도 멈추라고 손짓을 했다.

"실수라고!" 두목이 말했다.

"그게 무슨 말이냐?"

"제 말씀은, 제가 진기한 물건을 찾아 헤매다 실수로 이 동굴에 들어왔다는 겁니다." 제자가 말했다.

"우리는 아무것도 손대지 않았습니다. 여기 있는 보물들을 세어보시면 모자라는 게 없을 겁니다. 안에 뭐가 있는지 무척 궁금했지만, 상자를 열려고도 하지 않았습니다."

"이 아이의 말이 사실이오?" 두목이 이방인을 돌아보며 물었다.

"다 사실입니다." 이방인이 말했다.

"당신의 용모는 진실하고 표정은 정직해 보이오." 두목이 말했다.

"나는 당신들이 우리가 없는 동안 여기 들어와 도둑질할 만큼 비루하다고 생각하지 않소. 목숨은 살려주겠으나, 우리와 같이 지내야겠어. 우리 비밀을 아는 사람을 내보낼 수야 없으니까. 우리가 잘 대접할 테고, 원정에도 같이하게 될 거요. 일만 제대로 한다면, 때를 봐서 정식 일원으로 받아들이도록 하지."

이방인이 이렇게 불행한 처지에 놓이게 된 걸 쓰디쓰게 후회했다. 이방인이 동굴 한쪽을 서성이며 다시는 은둔처사 제자의 도움 따위는 받지 않겠다고 속으로 맹세했다. 반면에 제자는 상당히 들떠 있었다. 제자는 상자와 짐짝 사이를 오가며 도둑들이 보여주는 희귀한 보물을 구경했다.

사로잡힌 이방인과 제자는 잘 먹고 잘 잤으며, 이튿날 두목이 둘과 부하들을 불러 얘기했다.

"이제 우리는 스물일곱의 정식 일원과 두 잠정적 일원을 합한 스물아홉이 되었다." 두목이 말했다.

"오늘 밤 우리는 모두가 참가하는 아주 중대한 원정을 나갈 예정이다. 동굴 입구를 닫고, 적당한 때에 목적지를 알려주겠다."

자정 한두 시간 전에 도둑 일당이 동굴을 나섰고, 이방인과 은둔처사의 제자가 동참했는데, 몇 킬로미터쯤 왔을 때 두목이 일당을 멈춰 세우고 목적지를 얘기했다.

"우리는 여왕의 박물관을 털려고 한다." 두목이 말했다. "이보다 중차대한 일은 일찍이 없었다."

이 말을 듣자 이방인이 앞으로 나와 이의를 제기했다.

"나는 어제 도시를 나왔는데, 박물관에 전시할 흥미로운 물건을 찾아오는 임무를 여왕한테서 부여받았습니다. 이제 다시 도시로 돌아와서 전시물을 기증하겠다고 약속한 박물관의 물건을 훔친다면, 이는 너무나 이치에 맞지 않습니다."

"당신의 말도 일리가 있소." 잠시 생각한 후에 두목이 말했다.

"그런다면 당신에게 상당히 불명예스럽겠지. 우리가 돌아올 때까지 여기 이 돌 옆에서 기다리겠다고 명예를 걸고 맹세한다면, 당신을 빼고 원정을 나가겠소."

이방인이 맹세했고, 돌 위에 앉아 기다리다 곧 잠이 들었으며, 막 동이 틀 무렵에 도둑 일당이 돌아와서야 잠에서 깼다. 도둑들은 힘겹게 천천히 왔는데, 다들 등에 어마어마한 짐을 지고 있었다. 도둑 행렬의 끄트머리에 은둔처사의 제자가 다른 도둑들처럼 무거운 짐을 지고 나타났다. 이방인이 제자에게 짐을 덜어주겠다고 했지만, 제자가 거절했다.

"나도 다른 사람들처럼 실력을 인정받고 싶습니다." 제자가 말했다.

"같이 가셨어야 했어요. 정말이지 멋졌답니다! 박물관을 싹 다 털었거든요. 선반 위건, 상자 안이건 뭐 하나 남기지 않았지요."

"어떤 걸 가져온 거니?" 이방인이 물었다.

"나도 모르겠어요." 제자가 대답했다.

"사람들에게 들킬까 봐 불을 밝히지 못했답니다. 하지만 달빛이 밝아서 선반과 상자들이 보였지요. 우리는 뭐든 살펴보려 하지 말고 그저 닥치는 대로 훔치라고 명령받았습니다. 상자에 커다란 옷감이 있어서 바닥에 펼쳐 놓고, 옷감에 진기한 전시물을 쌌습니다. 소굴에 도착하면 자세히 보려고 합니다."

도둑들이 동굴에 도착하니, 이미 한낮이 되었다. 수많은 짐 꾸러미들이 동굴 바닥에 동그랗게 쌓였고, 명령이 떨어지자 짐들이 다 풀어 헤쳐졌다. 한동안 도둑들이 짐 꾸러미의 내용물을 멍하니 바라보더니, 꾸러미 안을 헤집어 뒤지기 시작했다. 잠시 후 도둑들이 자리에서 일어섰는데, 더욱더 멍해져 있었고 더욱더 실망한 눈치였다.

"내가 보니 이 박물관 전시물 중에 갖고 싶은 게 하나도 없다." 두목이 말했다.

"마음에 드는 게 하나도 없어!"

"나도 없네요!", "나도요!", "나도요!", 일당이 일제히 외쳐댔다.

"내가 보기에 우리한테 아무 쓸모가 없으니, 우리의 명예를 위해 도로 갖다 놔야겠다." 잠시 고민하던 두목이 말했다.

"잠깐만요!" 이방인이 앞으로 나서며 말했다.

"성급히 행동하지 마시기 바랍니다."

이방인이 도시가 처한 상황을 두목에게 얘기했고, 그가 여왕을 위해 길을 떠난 이유를 설명했다.

"내 생각에는 당분간 이 전시물을 돌려놓지 않는 게 좋겠습니다." 이방인이 말했다.

"이 전시물을 안전하게 둘 만한 데가 있다면, 적당한 때에 내가 그 위치를 여왕에게 알리겠습니다. 그러면 여왕이 전시물을 찾으러 사람을 보낼 겁니다."

"좋소!" 두목이 말했다.

"여왕이 전시물 옮기는 수고를 분담하는 게 지당하겠어. 일이 킬로미터 떨어진 곳에 사용하지 않는 동굴이 있으니,

이 전시물을 거기로 옮기고, 이 문제는 당신에게 일임하겠소. 이 전시물에는 아무 흥미가 없으니까. 여왕에게 일주일 내에 돌아간다고 맹세했다면, 물론 맹세를 지켜야겠지. 너도 맹세했니?" 두목이 제자를 돌아보며 물었다.

"아닙니다!" 젊은 제자가 외쳤다.

"저는 딱히 돌아갈 시간이 정해져 있지 않습니다. 확실히 은둔처사의 삶보다는 도둑의 삶이 더 마음에 듭니다. 이 편이 훨씬 더 열정과 활기가 넘칩니다."

두목이 이방인에게 자기들의 소굴을 누구에게도 발설하지 않겠다고 약속한다면 떠나도 좋다고 말했다. 이방인이 약속했으나, 이미 시간을 너무 허비해서 일주일 내에 얻고자 하는 전시물을 찾아서 돌아가지 못하겠다고 애석하게 말했다.

"그렇다면 기꺼이 당신을 돕겠소." 두목이 말했다.

"제군들!" 그가 부하들에게 외쳤다.

"이 쓸데없는 전리품을 사용하지 않는 동굴에 두고 약간의 휴식을 취한 후, 다시 출발한다. 이번 원정은 여왕의 박물관에 비치해서 모두의 흥미를 끌게 할 전시물을 구하기 위해서이다."

자정이 조금 지나 도둑들이 길을 나섰는데, 이번에도 이방인과 제자가 동참했다. 한 시간쯤 걸었을 때, 평소 습관대로 두목이 목적지를 알리기 위해 일당을 멈춰 세웠다.

"나는 우리가 찾는 전시물을 구할 곳으로 대마법사 알프라르메제의 성만큼 적당한 데가 없다는 결론을 내렸다." 두목이 말했다.

"우리는 마법사의 성으로 가서, 성을 약탈할 것이다."

"마법사의 성을 공격한다니, 너무 위험하지 않을까요?" 이방인이 걱정스러운 말투로 물었다.

"물론 위험할 거요." 두목이 말했다.

"하지만 우리는 위험하다고 머뭇거리는 겁쟁이들이 아니오. 제군들, 전진하라!"

도둑 일당이 앞으로 나아갔다.

도둑들이 성 앞에 이르렀고, 성의 외벽을 오르라는 명령이 떨어졌다. 도둑들은 능숙하게 성벽을 올랐고, 은둔처사의 제자가 성벽을 타고 넘는 선두 중 하나였다. 이방인은 성벽을 오르는 데에 서툴러서, 그가 성벽을 오르기 위해 다른 도둑들이 도와줘야 했다. 성 안쪽의 거대한 정원에 많은 운명의 요정들이 보였는데, 이 기이하고 희미한 요정들이 도둑들의 주변을 조용히 에워쌌다. 도둑들은 조금도 겁내지 않고 대형을 유지하며 열린 문을 통해 성안으로 들어갔다. 도둑들이 널찍한 연회장에 들어섰는데, 건너편으로 커튼이 쳐진 문이 보였다. 앞장선 두목의 뒤를 따라 도둑들이 커튼에 다가갔고, 커튼을 젖히고 문 너머의 방으로 들어갔다. 방안의 커다란 테이블 뒤에 대마법사 알프라르메제가 앉아서 마법 연구에 몰두하고 있었는데, 그는 조용한 오밤중에 연구하는 습관이 있었다. 도둑들이 칼을 빼들고 마법사에게 들이닥쳤다.

"항복하시오!" 두목이 소리쳤다.

"이 성의 보물을 내놓으시오!"

늙은 마법사가 보고 있던 책에서 얼굴을 들었고, 이마에 얹어놓은 안경을 썼으며, 도둑들을 온화하게 바라보더니 주문을 외었다.

"얼어붙어라!"

도둑들이 즉시 얼음처럼 딱딱해졌고, 마법의 주문이 걸린 순간의 자세 그대로 굳었다. 도둑들이 칼을 치켜들고 눈을 부릅뜨고 굳은 상태로 마법사 앞에 서 있었고, 늙은 마법사가 이들을 차분히 살펴보더니 말했다.

"너희 중에 명석하고 정직한 얼굴을 한 사람이 있구나. 그의 얼굴을 풀어줘서, 이런 어설픈 행패를 일으켜 나의 연구를 방해한 이유를 들어봐야겠다."

이방인이 얼굴이 풀리는 게 느껴졌고, 조금 지나자 말을 할 수 있었다. 이방인이 여왕의 박물관 얘기와 자기가 도둑들과 오게 된 경위를 마법사에게 설명했다.

"당신의 행동은 잘못이지만, 동기는 선량하구려." 마법사가 말했다.

"당신을 도와줘도 나쁘지 않을 듯싶소. 어떤 전시물에 도시의 사람들이 가장 흥미를 느끼는 거요?"

"진실로 나는 알지 못합니다." 이방인이 말했다.

"그것참 놀랍구먼!" 알프라르메제가 말했다.

"모두가 흥미를 느끼는 게 뭔지도 모르는데, 어떻게 모두가 흥미를 느끼는 걸 찾는단 말이오? 가서 알아보고 다시 내게 오면, 내가 뭘 할 수 있을지 알아보리다."

마법사가 운명의 요정들을 불렀고, 얼어붙은 오밤중의 손님들을 성벽 바깥으로 데리고 나가라고 지시했다. 딱딱하게 굳은 도둑 하나마다 운명의 요정 둘씩이 맡아서 바깥으로 들어 옮겼고, 성 밖의 길 위에 세워놓았다. 선두에 세운 두목을 비롯한 도둑들이 적당히 놓이자 성문이 닫혔고, 테이블에 앉은 마법사가 주문을 외었다.

"풀려라!"

곧바로 도둑들의 몸이 풀렸고, 도둑들이 성을 떠났다.

여왕의 박물관 27

새벽녘이 되어 일당이 멈춰 섰고, 도시의 시민들이 흥미를 느끼는 전시물을 어떻게 찾을지를 고민했다.

"확실한 사실은 그게 뭐든 절대로 하나의 똑같은 전시물은 아니라는 겁니다." 은둔처사의 제자가 말했다.

"네 말이 세련된 표현은 아니지만, 일리가 있는 말이다." 이방인이 말했다.

"사람마다 좋아하는 게 다르게 마련이야. 하지만, 각 개인이 좋아하는 걸 어떻게 알아내야 할까?"

"물어봐야겠지요." 제자가 말했다.

"좋아!" 말보다 행동을 선호하는 두목이 말했다.

"오늘 밤 도시의 시민들에게 직접 물어보기로 하자."

두목이 모래 위에 도시의 지도를 그렸는데, 오랜 세월 구석구석 약탈을 일삼아서 도시를 잘 알았기 때문이었다. 그는 도시를 스물여덟 구역으로 나누었고, 각 구역에 한 사람씩을 배정했다.

"당신은 빼겠소." 두목이 이방인에게 말했다.

"내가 보니까, 당신은 담을 넘는 데에 별로 재능이 없어 보이기 때문이오."

두목이 밤이 되면 도시로 간다고 말했으며, 각자 맡은 구역의 집들로 들어가 시민들에게 가장 흥미를 느끼는 게 뭔지를 물으라고 지시했다.

  도둑 일당이 동굴로 가서 쉬었고, 자정 조금 전에 도시로 잠입했으며, 은둔처사의 제자를 포함한 도둑 일당이 맡은 일을 수행했다. 두목이 여왕에게는 가지 말라고 명령했는데, 여왕이 가장 흥미를 느끼는 게 박물관임을 누구나 알고 있었기 때문이었다. 그날 밤 도시의 거의 모두가 집의 창문을 통해 들어온 검은 복면을 한 도둑에 의해 잠에서 깼는데, 도둑은 돈이나 보석을 요구하는 게 아니라 가장 흥미를 느끼는 게 뭔지를 물을 뿐이었다. 도둑이 대답을 듣게 되면 외울 때까지 반복해서 중얼거렸고, 다시 이웃집으로 향했다. 많은 시민이 감옥에 있었고 도둑들은 감옥에 쉽게 들어갈 수 있었으므로, 다른 데보다 시간을 절약했다.

  은둔처사의 제자는 아주 능숙하게 집으로 들어갔다 나오기를 반복하며 매우 활동적이었다. 제자는 다른 도둑들처럼 손쉽게 대답을 취합했는데, 집을 나올 때마다 얼굴에 실망한 기색이 역력했다. 제자가 마지막으로 들른 곳은 두 아이가 잠들어 있는 방이었다. 제자가 아이들을 깨우고, 같은 질문을 되풀이했다. 아이들이 무슨 대답을 할지 몰라 겁먹고 있을 때, 제자가 윽박질렀다.

"자 말해라. 얼버무려도 소용없다. 낚시 도구이지 않으냐. 어서 말해라!"

아이들이 곧바로 낚시 도구에 가장 흥미가 있다고 말했고, 제자는 매우 만족해서 집을 나섰다.

"내가 맡은 구역에서 아무도 낚시 도구를 얘기하지 않을까 봐 걱정했는데, 정말로 흥미로운 걸 좋아할 줄 아는 두 아이가 있으니 기분이 좋다." 제자가 생각했다.

임무가 마무리되니 한낮이 되었고, 도둑 일당이 도시 바깥의 약속된 장소에 집결했으며, 이방인이 거기서 기다리고 있었다. 일당은 직업적 필요에 따라 기억력이 좋았고, 그들이 시민들한테서 들은 물건을 되풀이해서 이방인에게 얘기했으며, 이방인이 종이에 물건 목록을 적어 내려갔다.

그날 밤 이방인이 도둑 일당과 함께 마법사의 성으로 향했고, 운명의 요정들이 그들을 맞이하기 위해 거대한 성문을 조용히 열었다. 그들이 마법사의 방으로 안내되었고, 알프라르메제가 이방인에게서 종이를 건네받아 자세히 읽어 내려갔다.

"이 물건들이라면 아주 훌륭한 전시물이 되겠어." 마법사가 말했다.

"내 무궁무진한 지하보관실에는 갖가지 물건의 본보기

가 있지."

　마법사가 운명의 요정들을 불렀고, 그중 하나에게 종이를 건네주며 다 같이 지하보관실로 가서 종이에 적힌 물건을 거대한 박물관을 채울 정도로 모아 오라고 지시했다. 반 시간이 지나서 운명의 요정들이 돌아왔고, 넓은 정원에 물건을 쌓아놓았다고 말했다.

　"그렇다면 가거라." 마법사가 말했다.

　"도둑 일당을 도와 여왕의 박물관으로 옮기거라."

　이방인이 알프라르메제의 도움을 진심으로 고마워했고, 도둑 일당이 수많은 운명의 요정들과 함께 흥미로운 물건을 여왕의 박물관으로 옮겼다. 그 행진은 참으로 희한했다. 대여섯 운명의 요정들이 박제된 매머드를 옮겼고, 뒤이어 다른 운명의 요정들이 고래 골격을 지고 날랐으며, 도둑들과 그들의 특이한 조력자들은 진정으로 훌륭한 박물관에 없어서는 안 될 역사와 예술과 과학에 관련된 걸 날랐다. 전시물이 바닥과 선반과 상자에 놓이고 나니, 아침이 다 되었다. 도둑 일당이 은둔처사의 제자와 함께 소굴로 돌아갔고, 운명의 요정들은 사라졌으며, 이방인은 여왕의 궁궐로 향했는데, 적절한 시간이 되자 여왕과의 접견을 요청했다.

　이방인이 여왕을 만나보니, 그녀의 얼굴이 몹시 창백했

고 볼에는 최근에 생긴 눈물 자국이 보였다.

"그대는 제시간에 돌아왔구려." 여왕이 이방인에게 말했다.

"하지만 그대가 임무를 성취했건 못 했건 이제 아무 의미가 없게 되었다오. 이제 박물관은 없소. 큰 도둑이 들었는데, 도둑들이 내가 오랜 세월 수집한 광범위하고 귀중한 전시물을 몽땅 털어가 버렸다오."

"그 사실은 저도 압니다." 이방인이 말했다.

"이미 박물관에 제가 구한 전시물을 갖추어 놓았습니다. 여왕님이 괜찮으시다면, 가서 봐주시면 기쁘겠습니다. 그 전시물이 도난당한 전시물을 어느 정도 메울 겁니다."

"메운다고!" 여왕이 외쳤다.

"그 무엇도 도난당한 전시물을 메우지 못하오. 그대가 갖다 놓았다는 전시물도 보고 싶지 않구려."

"여왕님이 원하시는 대로 하십시오." 이방인이 말했다.

"하지만, 시민들이 제가 구한 전시물에 흥미를 느낄 거라는 기대를 한다고 감히 말씀드리겠습니다. 여왕님께서 시민들이 박물관의 전시물을 관람하는 걸 자비롭게 윤허해 주시겠습니까?"

"기꺼이 허락하오." 여왕이 말했다.

"진실로 시민들이 박물관에 흥미를 느낀다면 매우 기쁠 듯하오. 감옥 문을 열라고 명령해서 시민들이 그대가 가져온 전시물을 감상하게 하겠소. 전시물에 흥미를 느끼는 사람이라면 집에 돌아가도 되겠지. 나는 박물관이 약탈당했을 때도 완고한 나의 시민들을 풀어주지 않았는데, 그들의 잘못이 약탈 전이나 후나 별반 차이가 없고, 나의 손실로 인해 그들이 이득을 보는 게 그르기 때문이었소."

여왕의 포고문이 발표되었고, 마법사 알프라르메제의 무궁무진한 지하보관실에서 가져온 박제된 동물들, 새들, 물고기들, 희귀하고 화려한 곤충들, 진기한 식물과 광물들, 아름다운 예술 작품, 그리고 가지가지 기이하고 귀중하고 교훈적인 걸로 이루어진 굉장한 전시물 사이를 아침부터 밤까지 돌아다니는 시민들로 며칠에 걸쳐 박물관이 북적였다. 여왕이 확인하라고 보낸 관리들이 보기에도 사람들이 매우 흥미로워한다는 사실은 분명했다. 모두가 기뻐서 눈을 반짝였는데, 각자 보고 싶어 하던 전시물이 눈에 띄었기 때문이었다. 그 인파 중에는 은둔처사의 제자도 있었는데, 잉어를 잡기 위한 작은 낚싯바늘부터 고래를 잡기 위한 작살에 이르기까지 온갖 낚시 도구를 담은 커다란 상자 앞에서 꿈을 꾸듯 무아지경에 빠져 서 있었다.

아무도 감옥에 되돌아가지 않았고, 도시는 재회한 가족들과 행복한 친지들로 가득했다. 나흘째 아침이 되자, 시민들이 그들의 기쁨과 박물관에 대한 고마움을 나타내기 위해 궁궐로 성대한 행진을 했다. 시민들의 크나큰 행복에 여왕은 그저 기쁠 뿐이었다. 여왕이 이방인을 불러 말했다.

"나의 시민들이 흥미를 느끼는 걸 어떻게 알게 되었는지 말해보시오."

"사람들에게 물어봤습니다." 이방인이 말했다.

"더 정확히 말하면, 사람들이 의견을 개진할 수 있는 여건을 만들었습니다."

"참으로 잘했소." 여왕이 말했다.

"하지만, 내가 시민들을 위해 오래도록 공들인 게 허사가 되었으니 마음이 안 좋구려. 수년 동안 단춧구멍을 수집해 왔는데, 내가 가진 원본이나 똑같은 복사본 외에 구하지 못한 소중하고 희귀한 연구 주제는 없었다오. 나의 중개인이 이국땅에서 심지어 가장 멀리 떨어진 섬나라에서 비단과 양모와 금으로 된 천과 그 밖의 재료로 만들어진 온갖 종류의 단춧구멍을 가져왔고, 구하지 못하는 단춧구멍은 복제품을 공들여 만들었소. 이 수집품 중에 똑같은 것은 없었소. 한 종류에 하나씩 서로 중복되지 않았지. 이러한 박물관은 전에 없었다오. 사람들이 단춧구멍을 제대로 감상할 수 있도록 애써 시민들을 교육하려 했는데, 몇몇 재봉사와 바느질꾼 외에는 내가 그들의 이로움을 위해 제공한 거에 조금도 흥미를 보이지 않더군. 나의 시민들이 행복하니 기쁘긴 하지만, 내 노력이 물거품이 되었으니 탄식이 절로 나오는구려."

"여왕님이 차차 나이가 드실수록," 이방인이 말했다.

"우리가 어떤 걸 좋아한다고 해서 다른 사람들도 그걸 좋아하게 할 수는 없다는 사실을 더 잘 아시게 될 겁니다."

"이방인이여." 여왕이 감탄하며 이방인을 바라봤다.

"그대는 신분을 숨긴 왕이오?"

"그렇습니다." 이방인이 대답했다.

"그런 느낌을 받았소." 여왕이 말했다.

"당신이 이 왕국을 나보다 훨씬 더 잘 다스릴 거로 생각된다고 덧붙이고 싶소. 당신만 좋다면 당신에게 왕국을 맡겼으면 하오."

"그러고 싶지 않습니다. 여왕님." 이방인이 말했다.

"지금 계신 왕의 지위를 빼앗고 싶지 않습니다. 하지만 여왕님과 나눈다면 좋을 거 같습니다."

"그만하면 훌륭한 답변이오." 여왕이 말했다. 여왕이 수행원을 돌아보고, 이튿날 있을 여왕과 이방인의 결혼식을 준비하라고 했다.

화려하고 위풍당당하게 거행된 왕의 결혼식이 있고 나서 여왕이 박물관을 찾았는데, 여왕은 놀랍게도 무척이나 즐거웠고 흥미를 느꼈다. 그때 왕이 도둑들이 훔친 그녀의 전시물이 있는 데를 우연히 알게 됐다고 말했고, 도둑들이 전시물을 팔지도 쓰지도 못했으며, 여왕이 원한다면 전시물을 되찾아 와서 새로 건물을 지어 전시하겠다고 말했다.

"당장은 그러지 않는 게 좋겠어요." 여왕이 말했다.

"여기 있는 전시물을 대부분 처음 보니, 이 전시물들을 자세히 살펴보고 연구한 후에 단춧구멍에 관해 결정하기로 해요."

은둔처사의 제자는 자기가 살던 동굴로 돌아가지 않았다. 제자는 은둔처사의 삶과는 전혀 다른 도둑의 삶이 주는 열정과 활기에 대단한 기쁨을 느꼈고, 가능하다면 직업을 바꿔서 도둑 중 하나가 되고 싶어 했다. 제자가 두목과 얘기해 봤는데, 두목은 제자의 희망을 북돋워 줬다.

"나는 도둑으로 사는 게 지겨워졌어." 두목이 말했다.

"나는 너무나 많이 훔쳐서 가지고 있는 걸 제대로 쓰지도 못해. 이제 훔친 물건을 쌓아놓는 거에 아무런 흥이 나지 않아. 나는 은둔처사의 조용한 삶에 마음이 끌리고 있어. 네가 좋다면 서로 맞바꾸자. 나는 네 늙은 스승의 제자가 되고, 너는 우리 도둑 일당의 두목이 되는 거야."

둘의 맞바꿈이 성사됐다. 두목은 은둔처사의 제자가 살던 동굴로 갔고, 은둔처사의 제자는 도둑 일당의 진심 어린 동의 아래 두목이 되었다.

왕이 이 소식을 들었을 때 그다지 기분이 좋지 않았고, 전에 제자였던 두목에게 오라고 했다.

"최근에 나를 도와준 대가로 네게 상을 내리고 싶다." 왕이 말했다.

"하지만 네가 내 왕국에서 도둑 일당을 이끄는 걸 허용할 수는 없다."

전에 제자였던 두목의 얼굴에 실망감이 나타났고, 눈에 띄게 슬픈 표정을 지었다.

"화려한 경력을 이제 시작하려는데 이렇게 좌절되다니, 너무 실망스럽습니다." 도둑 두목이 말했는데, 갑자기 표정이 밝아지더니 말을 이었다.

"저의 새로운 직업을 계속할 수 있게 허락해 주신다면, 도둑을 도둑질하는 것만 하겠다고 약속드리겠습니다."

"좋다." 왕이 말했다.

"네가 그것만 하겠다면, 네 직업을 그대로 유지해도 좋다."

도둑 일당은 이 새로운 방식의 도둑질에 기꺼이 응했는데, 상당히 새롭고 흥미로워 보였기 때문이었다. 그들이 처음 약탈한 장소는 그들 자신의 동굴이었고, 다 뛰어난 기억력을 갖고 있어서 그 다양한 약탈물을 누구한테서 훔쳤는지 기억해냈으며, 모든 게 원래 주인에게 돌아갔다. 전에 제자였던 두목은 도둑 일당을 이끌고 왕국의 다른 도둑들의 소굴로 쳐들어갔고, 거세고 열정적으로 전략을 운용하여 많은 도둑 일당이 사방으로 흩어졌다. 도둑들의 소굴에 있던 보물은 원래 주인들에게 돌아갔고, 주인이 찾아지지 않으면 가난한 사람들에게 나눠줬다. 얼마 지나지 않아, 전에 제자였던 두목이 이끄는 도둑 일당 이외의 나머지 모든 도둑이 다른 직업을 택했고, 승리의 젊은이가 이끄는 이 도둑 일당은 다른 왕국으로 이동해서 그들의 도둑을 도둑질하는 위대한 과업을 이어나갔다.

여왕은 도둑들이 훔쳐 간 자기의 진기한 수집품을 찾으러 사람을 보내지 않았다. 여왕은 새로운 박물관에 굉장히 흥미를 느껴서 예전 박물관을 다시 세우는 걸 계속해서 미

뒀고, 지금까지 알려진 바로 그 단춧구멍들은 여전히 도둑들이 닫아 놓은 동굴 안에 있다고 한다.

오른의 벌치기꾼

 오른이라는 오래된 마을에 벌치기꾼이라 불리는 노인이 살았는데, 매일 벌들과 지내서 붙여진 이름이었다. 노인은 거대한 벌통처럼 된 작은 오두막에 살았는데, 벌들이 집안 구석구석에 벌집을 만들어놨기 때문으로, 선반 위에, 작은 탁자 아래에, 노인이 앉는 소박한 의자에, 심지어 낮은 침대 머리맡과 침대 옆에도 벌집투성이였다. 방안은 하루 종일 윙윙거리는 벌들로 가득했지만 벌치기 노인은 아랑곳하지 않아서, 벌에 쏘임을 조금도 두려워하지 않고 벌들 사이를 걷거나 밥을 먹거나 잠을 자거나 했다. 노인은 벌들과 오랫동안 살아와서 이미 아주 익숙해져 있었고, 노인의 피부는 매우 거칠고 단단해져서 벌들이 그를 쏘기를 돌이나 나무를 쏘는 것과 같이 여겼다.

한 떼의 벌이 노인의 낡은 가죽 외투 주머니에 거처를 마련했고, 노인이 외투를 걸치고 야생 벌의 보금자리를 둘러보러 먼 길을 걸어 숲으로 갈 때면, 이 주머니에 있는 벌집을 소중히 여겼는데, 야생 벌을 찾지 못할 때 벌집을 조금 떼어내어 점심으로 먹을 수 있었기 때문이었다. 주머니에 있는 벌들은 매우 열심히 일했으므로, 어디를 가든 끼니 걱정을 하지 않았다. 그는 주로 꿀을 먹으며 지냈고, 빵이나 고기가 필요할 때면 쓸 만한 벌집을 근처의 마을로 가지고 가서 다른 음식과 바꿨다.

노인은 못생기고, 추레했으며, 주름지고 햇볕에 그은 얼굴을 갖고 있었다. 그는 가난했고 벌이 유일한 친구로 보였지만, 그래도 행복하게 만족하며 살았다. 그는 자기가 원하는 온갖 벌에 둘러싸여 있었고, 그의 생각에 세상에서 가장 좋은 친구인 벌은 다정하고 붙임성이 있어서 매일 그 수가 불어나는 것 같았다.

어느 날 벌치기 노인의 오두막 앞에 수습 마법사가 멈춰 섰다. 이 젊은 마법사는 마법과 강령술과 그 외 온갖 기법을 배우고 있었고, 벌치기 노인에게 관심을 두고 있었는데, 노인을 지나다니며 자주 보았으며 훌륭한 공부 주제로 여겼다. 수습 마법사는 어쩌다가 벌치기 노인이 어떤 특별한 다른 인물이 되지 못하고 지금의 이러한 인물이 되었는지를 다양한 마법의 준칙과 법칙을 통해 알아내기 위해 많은 유용한 공부를 해왔다. 젊은 마법사는 이 문제를 오랫동안 연구해왔고, 마침내 뭔가를 알아냈다.

"할아버지가 변한 사실을 아십니까?" 벌치기 노인이 오두막을 나왔을 때, 마법사가 물었다.

"그게 무슨 말이요?" 노인이 매우 놀라며 반문했다.

"동물이나 사람이 마법처럼 다른 모습으로 변신했다는 얘기는 들어보셨을 겁니다."

"그렇소. 그런 얘기는 들은 적이 있지." 벌치기 노인이 말했다.

"그런데 내가 무엇으로부터 변했다는 거요?"

"제가 서기까지는 알지 못합니다." 수습 마법사가 말했다.

"확실한 사실은 할아버지가 다시 이전의 상태로 돌아가

야 한다는 겁니다. 할아버지가 무엇으로부터 변했는지를 알아내신다면, 제가 할아버지를 전의 모습으로 되돌릴 수 있습니다. 이런 문제를 다루게 된다면, 무척 즐거울 거 같습니다."

수습 마법사는 공부하고 연구할 주제가 많아서 자기 갈 길을 갔다.

이 변신 얘기를 듣고 벌치기 노인은 상당히 심란했다. 그가 어떤 다른 모습으로부터 변한 거라면, 그게 뭐가 되었건 변하기 전으로 돌아가야 했다. 벌치기 노인이 젊은 마법사를 쫓아가 붙들었다.

"인정 많은 마법사여." 벌치기 노인이 말했다.

"내가 변했다는 걸 그대가 안다면, 내가 뭐로부터 변했는지도 말해줄 수 있지 않소?"

"아니요." 젊은 마법사가 말했다.

"제 공부는 아직 거기에 미치지 못합니다. 제가 상급 마법사가 된다면 다 말씀드릴 수 있겠지요. 하지만 그전에 할아버지가 변하기 전에 무엇이었는지는 직접 알아보시는 게 좋겠습니다. 그걸 알아내신다면 식견이 높은 제 마법 스승님들을 데리고 와서 할아버지를 전의 상태로 되돌리겠습니다. 되돌리는 건 어렵지 않지만, 할아버지가 뭐였는지를 알아내기 위해 시간과 공을 들여 달라는 부탁을 제 스승님들에게 하지는 못할 거 같습니다."

이 말을 남기고 마법사는 서둘러 걸음을 재촉했고, 이내 눈앞에서 사라졌다.

몹시 불안함을 느낀 벌치기 노인이 뒤돌아 오두막으로 들어갔다. 이렇게 마음을 어지럽히는 얘기는 평생 들은 적이 없었다.

"내가 뭐로부터 변했단 말인가?" 투박한 의자에 앉으며 벌치기 노인이 생각했다.

"거인이었을까, 권력을 가진 왕자였을까, 아니면 요정이나 마법사가 혼내주고 싶어 한 화려한 어느 누군가였을까! 개나 말이었을지도 모르고, 어쩌면 불을 뿜는 용이나 무서운 뱀이었을지도 모를 일이야. 이런 것들은 아니었으면 좋겠다. 하지만, 뭐가 되었건 간에 누구나 전의 몸으로 돌아갈 권리가 있으니, 내 전의 몸이 무엇이었는지 알아내야겠어. 내일 아침 일찍 나가봐야겠다. 더 많은 벌과 꿀을 여행에 가져갈 주머니가 외투에 더 없는 게 아쉽네."

벌치기 노인이 하루 종일 지푸라기와 나뭇가지로 벌통을 만들었고, 벌집과 한 떼의 벌들을 이 벌통으로 옮겼으며, 이튿날 해뜨기 전에 일어나 가죽 외투를 입고 새로 만든 벌통을 등에 지고 길을 나섰는데, 그를 따르는 벌들이 구름처럼 주위를 맴돌았다.

벌치기 노인이 작은 마을을 지날 때, 마을 주민들이 벌통을 등에 진 그의 희한한 모습을 보고 매우 놀랐다.

"벌치기 노인이 이번에 먼 길을 가는구먼." 그들이 말했다.

하지만 누구도 벌치기 노인이 어떤 별난 일을 하려고 하는지는 꿈에도 생각하지 못했다.

점심때가 되었고, 벌치기 노인이 꽃으로 뒤덮인 아름다운 초원 옆에 있는 나무 아래 앉아 꿀을 조금 먹었다. 벌치기 노인이 벌통을 풀어놓고 풀밭에 누워 쉬었다. 벌치기 노인이 위에 날아다니는 벌들을 바라봤는데, 벌들은 햇빛을 받는 꽃들로 날아가기도 하고 달콤한 꽃가루를 이고 지고 돌아오기도 했다. 노인이 생각했다.

"저 벌들은 뭘 해야 하는지를 잘 알고, 또 하고 있어. 한데 나는 참으로 측은한 처지야! 뭘 해야 할지 모르겠지만, 뭐가 되었건 반드시 해내고야 말겠어. 어떻게든 내가 전에 누구였는지를 알아내고, 전의 상태로 돌아가야겠다."

어쩌면 전에 그가 매우 보기 흉한 또는 아주 끔찍한 존재였을지도 모른다는 생각이 들었다.

"그래도 상관없어." 노인이 굳건히 생각했다.

"내가 뭐였건 다시 전의 나로 돌아가야겠어. 누구든 원래 몸이 아닌 채로 산다는 건 바람직하지 않아. 야생 벌이 나무에 있는 벌집을 찾듯이 나 또한 예전의 모습을 찾게 될 거야. 벌이 있는 나무를 보면, 왠지 모르게 그 나무에 이끌리게 되지. 누군가 저기에 네가 찾는 게 있다고 말해주는 거 같거든. 마찬가지로 내 전의 모습을 찾을 거야. 그 모습을 보게 된다면 나도 모르게 이끌리게 될 테고, 누군가 이거라고 말해주는 느낌을 받을 테니까."

벌치기 노인이 휴식을 마치고 다시 걸었고, 한 시간 후 어느 아름다운 소유지에 들어섰다. 주위로 예쁜 잔디밭과 커다란 나무들과 우아한 정원이 있었고, 저 멀리 소유지의 귀족이 사는 웅장한 저택이 있었다. 비싸게 차려입은 사람들이 걸어 다니거나 나무 그늘에 앉아 있었고, 멋진 장식을 단 말들이 주인을 기다리고 있었으며, 어디에나 즐거움과 풍요로움이 넘쳤다.

"여기 잠깐 머무르는 게 좋겠어." 벌치기 노인이 생각했다.

"내가 원래 이렇게 행복한 사람 중 하나였다면 참 좋겠다."

벌치기 노인이 벌통을 풀어 풀숲에 숨겼고, 외투를 벗어 벌통 옆에 놓았다. 이 아름다운 소유지에 사는 사람들에게 가려는데 벌들이 주위에 날아다닌다면 곤란할 거 같았다.

이틀 동안 벌치기 노인은 될 수 있는 대로 눈에 띄지 않게 저택 주위를 둘러보고 자세히 관찰했다. 노인은 잘생긴 남자들과 아름다운 숙녀들을 보았고, 훌륭한 말들과 개들과 가축과 새장에 있는 아름다운 새들과 유리 어항에 있는 물고기들을 보았는데, 세상에 있는 최고의 동식물을 가져다 놓은 듯했다.

둘째 날이 저물 무렵 벌치기 노인이 생각했다.

"여기 무척 이끌리는 인물이 하나 있는데, 바로 이 소유지의 귀족이야. 내가 그와 같은 사람이었는지는 모르겠지만, 그렇다면 아주 좋겠어. 게다가 이렇게 잘생기고 부유하고 권력을 가진 귀족을 볼 때면 이 소유지에 있는 다른 사람들은 안중에도 없게 돼. 마법사들에게 나를 어느 훌륭한 소유지의 귀족으로 변신시켜달라고 하기 전에, 이 귀족을 좀 더 자세히 살펴보고 더 확신이 서는지 봐야겠어."

이튿날 아침, 벌치기 노인이 정원을 산책하고 있는 귀족을 보게 됐다. 벌치기 노인이 그늘진 길로 귀족의 뒤를 따랐는데, 이 고귀하고 잘생긴 귀족을 살펴보고 진실로 그에게 이끌리는지 확인하기 위해서였다. 귀족은 뒤를 따라오는 벌치기 노인을 알아채지 못하고 한동안 걸었다. 갑자기 귀족이 뒤를 돌아보았고, 왜소한 노인을 발견했다.

"여기서 무얼 하는 게냐, 이 못된 거지야?"

귀족이 고함치며 벌치기 노인을 걷어찼고, 벌치기 노인은 길옆의 풀숲으로 나가떨어졌다.

벌치기 노인이 벌떡 일어나 벌통과 낡은 외투를 숨겨둔 장소로 헐레벌떡 뛰어갔다.

"분명한 사실은 나는 절대 늙고 가여운 노인을 걷어차는 인물은 아니었을 거라는 거야." 벌치기 노인이 생각했다.

"여기를 떠나야겠어. 여기서 본 어떤 것도 나의 이전 모습은 아니야."

벌치기 노인이 하루 이틀 더 여행했고, 커다랗고 어둑어둑한 산에 이르렀는데, 산기슭에 동굴 입구가 하나 보였다.

노인이 듣기로, 이 산에는 여러 굴과 지하 통로가 있었고, 거기에는 용과 사악한 요정들과 온갖 끔찍한 괴물들이 살았다.

"아, 이럴 수가!" 벌치기 노인이 한숨을 쉬며 말했다.

"여기를 들어가 봐야겠어. 제대로 알아보려면 다 둘러봐야 하고, 내가 저 무시무시한 괴물 중 하나였을지 모르니까."

 벌치기 노인이 산 쪽으로 걸음을 옮겼고, 산속 깊숙한 곳으로 이어지는 동굴 입구에 가까워졌을 때, 나무에 등을 기대고 앉아있는 축 처진 젊은이를 만났다.

 "안녕하세요." 축 처진 젊은이가 벌치기 노인에게 말했다.

 "안에 들어가시려는군요!"

 "그렇다네." 벌치기 노인이 말했다.

 "안에 들어가려고 한다네."

 "그렇다면 같이 가시죠." 축 처진 젊은이가 천천히 일어서며 말했다.

 "저 안에 들어가면 나의 활력을 높일 수 있다고 들었는데, 지금 활력이 많이 부족하답니다. 하지만 들어갈 엄두가 나지 않았고, 안에 들어가려는 사람이 나타날 때까지 기다려 보기로 했지요. 할아버지를 만나 아주 반갑습니다. 같이 들어가시죠."

 둘이 동굴 안으로 들어갔고, 얼마 가지 않아 아주 키 작은 누군가를 만났는데, 참된 도깨비라는 걸 어렵지 않게 알 수 있었다. 참된 도깨비는 사람의 무릎 위 정도 오는 키였고, 새로 닦은 장화처럼 검은 피부를 갖고 있었다. 참된 도깨비는 아주 활기가 넘쳤고, 둘 앞으로 뛰어나왔다.

"여기는 어쩐 일이야?" 참된 도깨비가 물었다.

"나는 내 활력을 높이기 위해 왔어." 축 처진 젊은이가 말했다.

"제대로 찾아왔군." 참된 도깨비가 말했다.

"네 활력이야 높여줄 수 있지. 저 벌치기 늙은이는 뭘 원하지?"

"저 할아버지는 뭔가로부터 변신했다는데, 그게 뭔지를 알아내려고 해. 어쩌면 이 동굴 안에 있는 것 중 하나였을지 모른다는군."

"그렇다 해도 이상하지 않아." 참된 도깨비가 머리를 한쪽으로 까딱이고 벌치기 노인을 훑어보며 말했다.

"좋아." 참된 도깨비가 말을 이었다.

"저 할배는 돌아다니면서 자기가 전에 뭐였는지를 고르면 되겠어. 여기에는 온갖 악독한 기어 다니는 것들, 살금살금 움직이는 것들, 숨을 씩씩거리는 것들, 콧김을 푸푸 내쉬는 것들이 있지. 그중에 뭐가 됐건 벌치기꾼보다는 낫다고 생각하나 보네."

"지금보다 더 근사한 내가 되고 싶어서 길을 떠나온 게 아니야." 벌치기 노인이 말했다.

"단지 내 원래 모습으로 돌아가기를 진심으로 바랄 뿐이다."

"오! 그래. 그런 거였어!" 참된 도깨비가 말했다.

"여기 떠벌이기만 하는 어리석은 바보가 하나 있는데, 할배가 그 친구와 같았는지도 모르겠어."

"말도 안 되는 소리다." 벌치기 노인이 말했다.

"너는 진실한 의도가 뭔지 전혀 모르는구나. 내가 돌아다니며 직접 살펴봐야겠다."

"그렇게 하셔." 참된 도깨비가 말했다.

"나는 활력을 높이고 싶어 하는 이 친구를 돕겠어."

참된 도깨비는 축 처진 젊은이와 같이하기로 했다.

"이보게 친구." 축 처진 젊은이가 참된 도깨비를 흥미롭게 쳐다보며 말했다.

"너는 매일 아침 얼굴에 구두약을 칠하고 광을 내니?"

"아니, 이건 방수 유약이야." 참된 도깨비가 말했다.

"너는 기운을 차리고 싶다고 했지! 내가 그럴싸한 방법을 알려줄게. 저기 벌치기 할배가 놓고 간 벌통과 벌집이 든 외투가 있어. 벌치기 할배가 멀리 가서 안 보이면, 벌통을 으깨어버려. 끈적한 옷에 발라서 반죽을 만들고, 그 반죽을 네 등에 바르는 거지. 그러면 정말이지 네 활기가 넘치게 될 거야. 특히 벌들이 다 죽지 않았다면 말이야."

"그래." 축 처진 젊은이가 참된 도깨비를 순박하게 바라보며 말했다.

"하지만 벌을 잡을 만큼 내가 활력이 있다면 이미 부족함을 몰랐을 거야. 네가 나를 위해 많은 벌을 잡아주면 어떨까."

"그렇다면 딴 거로 바꿔야겠어." 참된 도깨비가 말했다.

"스냅드래곤*의 제왕이 사는 널따란 굴에 가려고 해."

"그건 꽃이잖아." 축 처진 젊은이가 말했다.

"꽃처럼 화사하게 보일 거야." 참된 도깨비가 말했다.

"하지만 스냅드래곤의 제왕이 너를 뒤쫓아 온 굴 안을 돌아다니고 불을 내뿜고 콧김을 내쉬고 고함을 지르고 꼬리를 휘날리고 한 쌍의 모루 같은 턱을 딱딱거리게 되면, 네 활력이 평생 다시없을 정도로 충만해지는 걸 느낄 거야."

"분명 그럴 거 같아." 축 처진 젊은이가 말했다.

"하지만 그보다 덜 난폭한 거부터 했으면 좋겠어."

"그래, 그렇다면 골짜기의 납작 꼬리 악마가 있지." 참된 도깨비가 말했다.

"악마는 평소에 잠들어 있어. 네가 원한다면 악마가 사

---

* 스냅드래곤(snapdragon): 원래 금어초라는 꽃 이름이지만, 여기서는 괴물을 말함

는 굴 한쪽 구석으로 가고, 내가 악마의 납작 꼬리를 반대쪽 벽에 붙여 놓는 거지. 악마가 화가 치밀어 올라 고함을 지를 거고, 너한테 달려들겠지만, 네게 닿지는 않을 거야. 악마의 키가 굴 끝까지는 미치지 못하거든. 내가 벌써 길이를 다 재 봤어. 네가 구석에 앉아 악마를 쳐다보면, 네 활력이 치솟아 오를 거야."

"틀림없이 그렇겠지." 축 처진 젊은이가 말했다.

"하지만 내가 바깥에 있고 네가 굴 구석으로 가는 걸 보는 게 더 낫겠어. 그렇게 네가 어떻게 하는지 구경하는 게 훨씬 흥미로울 거 같아."

"너는 정말이지 까다롭기 그지없구나." 참된 도깨비가 말했다.

"나는 네게 스냅드래곤의 제왕을 풀어 주겠다고도 했고, 골짜기의 납작 꼬리 악마를 벽에 묶어 주겠다고도 했어. 이제 권해 줄 건 전혀 움직이지 못하는 거밖에 없어. 그건 마법에 걸린 무시무시한 그리핀*이야. 무시무시한 그리핀은 천년이 넘도록 수염 하나 까딱하지 못하고 있어. 너는 그리핀의 굴로 가서 그리핀이 마치 장난감 인형인 양 자세히 살펴보는 거야. 그리핀의 등에 앉아서 천년의 세월을 산다면 어떨까를 생각하고, 네가 그리핀의 등에 있을 때 그리핀이

---

* 그리핀(griffin): 사자의 몸체에 독수리의 머리와 날개가 있는 상상의 동물

깨어나면 어떨까를 떠올려 보는 거지. 그리핀의 무서운 이빨을 드러낸 크게 벌린 입과 흉측한 발톱과 가시로 뒤덮인 섬뜩한 날개를 보면서 그리핀이 네게 저지를 끔찍한 일을 상상하기는 어렵지 않을 거야."

"그거라면 적당하겠어." 축 처진 젊은이가 말했다.

"실제로 움직이는 괴물보다는 괴물이 어떤 짓을 할지 상상하는 편이 낫겠어."

"그럼, 나를 따라와." 참된 도깨비가 말했고, 무시무시한 그리핀이 사는 굴로 축 처진 젊은이를 데리고 갔다.

벌치기 노인은 홀로 산속 깊숙한 곳까지 들어갔고, 어두컴컴한 굴과 구석들을 살펴보았으며, 무서운 괴물들을 마주치고는 놀라서 도망 다녔다. 벌치기 노인이 이렇게 헤매고 있을 때, 지하 통로를 따라 무서운 울부짖음이 울려왔고, 잠시 후 칠흑같이 검은 몸과 불타는 듯한 날개와 꼬리를 가진 거대한 용이 날개를 퍼덕이며 다가왔다. 용의 거대한 앞발에는 작은 아기가 들려 있었다.

"정말이지 끔찍하구나!" 벌치기 노인이 탄식했다.

"저 용이 아기를 어디로 데려가 해치려나 보다."

벌치기 노인은 용이 근처의 굴에 들어가는 걸 보았고, 용의 뒤를 따라가 안을 살펴보았다. 용이 땅에 웅크리고 앉아 있었고, 앞에는 아기가 놓여 있었다. 아기가 어디 다친 거 같지는 않았지만, 겁에 질린 듯 울음을 터트렸다. 괴물이 아기를 흐뭇하게 바라보고 있었는데, 용이 배고파지면 아기가 위험할 거 같았다.

"상황이 너무 심각해!" 벌치기 노인이 생각했다.

"뭐든 해야만 해."

벌치기 노인이 뒤돌아 있는 힘껏 뛰었다.

벌치기 노인이 여러 갈래의 통로를 달리고 달려서 벌통을 놓은 곳에 이르렀다. 벌치기 노인이 벌통을 두 손으로 집어 들고는 왔던 길로 다시 뛰었다. 용의 굴에 와서 안을 보니, 여전히 용이 울고 있는 아기 위에 웅크리고 있었다. 벌치기 노인이 조금의 머뭇거림도 없이 굴 안으로 뛰어 들어가서, 들고 있던 벌통을 용의 얼굴에 냅다 내던졌다. 난데없는 충격에 격분한 벌들이 벌통에서 떼로 몰려나왔고, 곧바로 용의 머리와 눈과 코와 입에 분노에 찬 공격을 가했다. 거대한 용은 이 갑작스러운 공격에 놀랐고, 수많은 벌의 쏘임에 거칠게 몰려 구석으로 펄쩍 뛰어 달아났다. 하지만 자비나 관용을 모르는 벌들이 집요하게 용을 쫓아갔고, 용은 이 벌들을 향해 거대한 날개를 미친 듯이 퍼덕이고 앞발을 휘두르며 저항했다. 용이 벌들과 사투를 벌이는 사이에, 벌치기 노인이 앞으로 달려 나가 아기를 안아 들고는 굴 바깥으로 뛰쳐나갔다. 벌치기 노인은 외투를 챙길 겨를도 없이 동굴 입구가 보일 때까지 줄곧 뛰었다. 거기에서 참된 도깨비를 만났는데, 참된 도깨비는 한쪽 발로 뛰면서 손으로 등과 어깨를 문지르고 있었다. 벌치기 노인이 멈춰 서서 무슨 일이 있었는지와 축 처진 젊은이는 어떻게 됐는지를 물었다.

"그는 아주 못된 작자야." 참된 도깨비가 말했다.

"그자에게 아주 실망이야. 내가 그자를 무시무시한 그리핀한테 데려갔고, 그리핀이 마법에 걸려있다고 했지. 그리핀의 등에 앉아서 그리핀이 깨어나면 무슨 짓을 할지 떠올려보라고도 했어. 한데 그자가 그리핀에게 다가갔을 때, 그 흉악한 괴물이 눈을 뜨더니 고개를 들지 뭐야. 그 얼간이 같은 인간이 얼마나 화를 냈는지 할배가 봤어야 했어. 그 인간이 나한테 달려들더니 내 귀를 잡더군. 그리고는 내가 움직이지 못할 때까지 나를 차고 때렸다고."

"젊은이의 활력이 아주 높아졌겠구먼." 벌치기 노인이 말했다.

"활력이 높아졌겠다고! 당연히 그렇다고 해야겠지!" 참된 도깨비가 소리쳤다.

"내가 고함을 지르니까, 내 친구 주걱턱이 굴에서 나와 그자를 쫓아갔어. 그 게을러터졌던 바보가 어찌나 빨리 줄행랑을 치던지 그만 놓쳐버렸지 뭐야."

벌치기 노인이 다시 뛰었고, 이내 축 처진 젊은이를 따라잡았다.

"이제 서두르지 않아도 돼요." 축 처진 젊은이가 말했다. "저 괴물들이 동굴 입구 밖으로 나오거나 돌아다니지 않는 게 암묵적 규칙이랍니다. 규칙을 어겼다면 여기 오는 사람들이 다 무서워 도망갔겠지요. 괴물들은 산 위에 난 구멍들을 통해 들락날락한답니다."

둘은 계속해서 걸었다.

"아기는 어찌시렵니까?" 축 처진 젊은이가 물었다.

"바라는 걸 찾기 위한 여행에 아기를 데리고 있을 생각이야." 벌치기 노인이 말했다.

"어쩌면 아기 엄마를 찾을지 몰라. 찾지 못한다면 저 앞 작은 마을의 누군가에게 아기를 맡겨야겠어. 어쨌든 그 무서운 용에 해를 입는 거보다야 낫겠지."

"제가 아기를 안겠습니다. 이제 아기를 안을 정도로 활력을 느끼니까요."

"고맙네. 하지만 내가 안고 갈 수 있어." 벌치기 노인이 말했다.

"나는 뭔가 들고 다니기를 좋아하는 데다가, 벌통도 외투도 두고 왔으니 말일세."

"벌통을 놓고 오셔서 다행입니다." 젊은이가 말했다.

"아기가 벌한테 쏘일지 모르니까요."

"내 벌은 아기를 쏘지 않아." 벌치기 노인이 말했다.

"아직 벌이 아기를 만난 적이 없어서일지도 모르죠." 젊은이가 말했다.

둘이 곧 마을로 들어섰는데, 얼마 걷지 않아 젊은이가 목소리를 높여 말했다.

"저기 집 문 앞에 앉아있는 여자가 보이시나요? 아름다운 머리를 갖고 있는데, 그 머리를 잡아 뜯고 있습니다. 저러면 안 될 텐데요."

"저러면 안 되지." 벌치기 노인이 말했다.

"저 여자의 친구들이 손을 묶어놔야겠어."

"어쩌면 저 여자가 아기 엄마일지 몰라요." 젊은이가 말했다.

"아기를 저 여자에게 주면 머리를 뜯지 않을지도 모르겠습니다."

"하지만 이 아기가 정말 저 여자의 아기라고 생각하는

건 아니겠지?" 벌치기 노인이 말했다.

"가서 확인해 보시죠." 젊은이가 말했다.

벌치기 노인이 잠시 망설이다 여자에게 걸어갔다. 노인이 다가오는 기척을 들은 여자가 고개를 들었는데, 아기를 보자 앞으로 뛰어나왔고, 아기를 빼앗아 안고는 기쁘게 소리질렀으며, 아기에게 마구 입맞춤했다. 아기 엄마가 기쁨의 눈물을 흘리며 다시는 못 볼 거로 생각한 아기를 구한 사정을 얘기해달라고 했다. 아기 엄마가 벌치기 노인에게 고마움과 축복의 말을 퍼부었고, 아기 엄마의 친구와 이웃들이 몰려왔으며, 다들 굉장히 기뻐했다. 아기 엄마가 벌치기 노인과 젊은이에게 집에 머물며 쉬기를 간청했고, 둘은 이를 기쁘게 받아들였는데, 너무 지치고 배가 고팠기 때문이었다.

벌치기 노인과 젊은이가 오두막에서 하룻밤을 보냈고, 이튿날 오후에 벌치기 노인이 젊은이에게 말했다.

"이상하게 들릴지 모르겠지만, 내 평생 살면서 이 아기만큼 이끌리는 게 없었다네. 따라서 나는 아기로부터 변했다고 생각해."

"그렇군요!" 젊은이가 외쳤다.

"제 생각에는 진실에 이르신 듯합니다. 정말 전의 몸으로 돌아가고 싶으신가요?"

"정말 그렇다네!" 벌치기 노인이 말했다.

"원래의 나로 돌아가고 싶은 마음이 이보다 절실했던 적이 없어."

축 늘어지는 무기력함을 깨끗이 씻어버린 젊은이는 이 문제에 깊은 흥미를 느꼈고, 이튿날 아침 일찍 수습 마법사에게 가서, 벌치기 노인이 전의 몸이 뭐였는지를 알아냈으며 다시 전의 몸으로 돌아가고 싶어 한다는 사실을 알렸다.

이 이야기를 들었을 때, 수습 마법사와 식견이 높은 스승들은 매우 열의를 보였고, 바로 아기 엄마의 오두막으로 향했으며, 오두막에서 벌치기 노인은 마법을 통해 아기로 변했다. 아기 엄마가 벌치기 노인의 은혜에 매우 고마워했으므로, 노인이 변한 아기를 맡아 자기의 아기와 같이 키우기로 했다.

"벌치기 노인에게 아주 대단한 일이 될 거야." 수습 마법사가 말했다.

"노인을 연구해서 즐거웠어. 노인은 새롭게 다른 삶을 살 거고, 윙윙대는 별 말고는 아무 친구도 없는 초라한 오두막에 사는 측은한 노인보다는 더 나은 사람으로 살 기회가 있을 거야."
 수습 마법사와 스승들은 나무랄 데 없이 훌륭하게 완수한 소임에 만족해서 집으로 돌아갔고, 축 처진 젊은이는 앞으로 활기차게 살 생각에 부풀어 집으로 돌아갔다.

 세월이 흐르고 흘러, 수습 마법사는 상급 마법사가 되었고 지긋한 나이가 되었다. 어느 날 오른 마을을 지나게 되었는데, 벌떼들이 날아다니는 조그만 오두막이 보였다. 마법사가 오두막에 다가가서 문을 통해 안을 들여다보았는데, 가죽 외투를 입고 식탁에 앉아 꿀을 먹고 있는 노인이 눈에 띄었다. 마법사는 마법을 통해 이 노인이 벌치기 노인이 변한 아기였음을 알아냈다.
 "이럴 수가!" 마법사가 외쳤다.
 "벌치기 노인이 전과 똑같이 돼버렸어!"

올드 파입스와 드리아드

 산에서 내려오는 시냇물이 소박한 마을을 거쳐 흘렀다. 이 시내 위로 조그만 다리가 있었고, 다리에서 산 쪽으로 난 좁은 길을 따라가다 보면 올드 파입스와 그의 어머니가 사는 오두막이 있었다. 오랜 세월 동안, 올드 파입스는 마을 사람들을 위해 피리를 불어 가축을 산에서 내려보내는 일을 해왔다. 매일 오후 해지기 한 시간 전에 파입스는 오두막 앞에 있는 바위에 앉아 피리를 불었다. 그러면 산에서 풀을 뜯던 가축이 어디에 있건 피리 소리를 듣고 마을로 내려갔는데, 소들은 가장 완만한 길로 내려갔고, 양들은 그다지 완만하지 않은 길로 내려갔으며, 염소들은 돌투성이의 가장 힘한 길로 내려갔다.

  하지만 벌써 일 년이 넘도록 올드 파입스가 피리를 불어도 가축을 마을로 내려보내지 못하고 있었다. 매일 저녁 파입스가 바위에 앉아 손에 익은 악기를 연주하기는 했지만, 가축은 피리 소리를 듣지 못했다. 파입스는 나이를 먹었으며, 내쉬는 숨이 약해졌다. 건너편 계곡 위의 돌투성이 언덕에서 들려오던 파입스의 유쾌한 멜로디의 메아리가 더는 들리지 않았고, 올드 파입스의 이십여 미터 밖에서도 그가 무슨 곡을 연주하는지 알기 어려웠다. 파입스는 귀가 잘 들리지 않았으며, 피리 소리가 가늘고 힘이 없어져서 가축이 피리 소리를 듣지 못한다는 사실을 알지 못했다. 소들과 양들과 염소들은 전과 다름없이 매일 저녁 마을로 내려왔는데, 한 소녀와 두 소년이 가축을 데리러 산으로 올라갔기 때문이었다. 마을 사람들은 그의 피리 소리가 이제 쓸모없어졌다는 사실을 마음씨 착한 노인이 알게 되는 걸 꺼렸고, 매달 그의 적은 월급을 지불했으며, 소녀와 두 소년의 얘기는 입 밖에 내지 않았다.

올드 파이프스의 어머니는 당연히 아들보다 훨씬 나이가 많았고, 마치 문짝처럼 기둥처럼 걸쇠처럼 경첩처럼 기타 등등처럼 귀가 안 들려서, 아들의 피리 소리가 산 전체에 울려 퍼지지도 않으며 반대편 산에서 힘차고 선명하게 메아리쳐오지도 않는다는 사실을 알지 못했다. 그녀는 아들을 매우 사랑했고, 아들의 피리 소리를 자랑스러워했으며, 아들이 훨씬 어렸으므로 아들이 많이 늙었다고는 생각하지 못했다. 그녀는 아들을 위해 음식을 장만하고 잠자리를 마련하고 옷을 고쳐줬고, 둘은 적은 월급에도 아주 편안하게 지냈다.

월말의 어느 날 오후, 올드 파이프스가 피리 부는 일을 마치고 월급을 받으러 튼실한 지팡이를 짚으며 마을을 향해 산에서 내려갔다. 산길이 평소보다 상당히 가파르고 힘난해 보였는데, 올드 파이프스는 산길이 비에 휩쓸려 많이 망가졌다고 생각했다. 산길은 올라가는 길이 됐건 내려가는 길이 됐건 그가 기억하기로는 아주 손쉬운 길이었다. 하지만 올드 파이프스는 활기찬 사람이었으며, 어머니가 훨씬 나이 많았으므로 자기가 늙거나 힘이 빠졌다고는 생각하지 못했다.

마을 촌장이 파이프스에게 월급을 주었고, 파이프스는 친구들과 얘기를 나눈 후 집을 향해 출발했다. 그가 시냇가 다리를 건너 산 쪽으로 얼마 가지 않아 상당히 지쳤고, 어느 돌 위에 앉아야 했다. 돌 위에서 쉰 지 채 1분도 되지 않아 소녀와 두 소년이 걸어왔다.

"얘들아." 올드 파입스가 말했다.

"내가 오늘 아주 힘이 없단다. 이 가파른 길을 걸어서 집까지 가지 못할 거 같은데, 너희가 좀 도와주면 좋겠구나."

"그렇게 하겠어요." 소녀와 두 소년이 퍽 명랑하게 말했다.

한 소년이 파입스의 오른손을 잡았고, 다른 소년이 왼손을 잡았으며, 소녀가 등을 밀었다. 이렇게 파입스가 산길을 쉽게 올랐고, 곧 오두막 문 앞에 이르렀다.

올드 파입스가 세 아이에게 동전 하나씩을 주었고, 아이들은 마을로 돌아가기 전에 잠깐 앉아 쉬기로 했다.

"내가 너희를 고생하게 해서 미안하구나." 올드 파입스가 말했다.

"우리가 소들과 양들과 염소들을 데리러 오늘처럼 멀리 헤매지만 않았어도, 별로 대단한 고생이 아니었을 거예요." 한 소년이 말했다.

"가축이 산 높은 데까지 올라가는 바람에 어디 있는지

찾느라 오늘처럼 애를 먹은 적이 없었네요."

"소들과 양들과 염소들을 데리러 가야 했다고!" 올드 파입스가 외쳤다.

"그게 도대체 무슨 말이냐?"

파입스의 뒤에 서 있던 소녀가 고개를 흔들고, 손으로 입을 막고, 그 밖에 입을 다물라는 온갖 신호를 소년에게 보냈다. 그러나 소년은 아무 눈치를 못 채고 곧바로 대답했다.

"잘 아시겠지만, 가축이 할아버지 피리 소리를 듣지 못하니까, 매일 저녁 누군가 가축을 마을로 내려보내러 가야 해요. 촌장님이 우리에게 이 일을 시켰답니다. 평소엔 별로 힘든 일이 아닌데, 오늘은 가축이 멀리까지 가버렸거든요."

"언제부터 이 일을 했니?" 올드 파입스가 물었다.

소녀가 머리를 더 세차게 흔들고 손으로 입을 막는 동작을 더 크게 했지만, 소년은 말을 이어갔다.

"이제 일 년 정도 됐네요. 가축이 피리 소리를 듣지 못하는 걸 마을 사람들이 처음 알게 되고 나서, 우리가 가축 모는 일을 했답니다. 이제 충분히 쉬었으니 집에 가야겠어요. 안녕히 계세요, 할아버지."

아이들이 산길을 내려갔는데, 집으로 가는 내내 소녀가

소년을 꾸짖었다.

올드 파입스가 잠시 가만히 서 있다가, 오두막 안으로 들어갔다.

"어머니." 올드 파입스가 외쳤다.

"아이들 얘기를 들으셨나요?"

"아이들이라고!" 올드 파입스의 어머니가 말했다. "아무 말도 못 들었다. 아이들이 온지도 몰랐어."

올드 파입스가 아이들이 산길 올라오는 걸 도와준 얘기와 가축과 자기의 피리 소리에 관해 들은 얘기를 어머니가 듣게 크게 소리 내 말했다.

"가축이 피리 소리를 듣지 못한다고?" 어머니가 외쳤다.

"이런, 가축한테 뭔 일이 생긴 거니?"

"아!" 올드 파입스가 말했다.

"가축한테 뭔 일이 생겼을 리 없어요. 뭔 일이 생겼다면 나와 내 피리겠지요. 확실한 사실은, 촌장이 내게 주는 월급만큼의 값어치 있는 일을 하지 못한다면, 이 돈을 받을 수 없다는 거예요. 마을로 가서 오늘 받은 돈을 돌려줘야겠어요."

"말도 안 된다!" 어머니가 외쳤다.

"너는 제대로 힘껏 피리를 불었고, 더할 나위가 없었어.

게다가 그 돈이 없으면 어쩐다는 말이니?"

"잘 모르겠어요." 올드 파입스가 말했다.

"어쨌든 마을에 가서 돌려줘야겠어요."

이미 해가 저물었지만, 산 위로 달이 밝게 빛나고 있어서 길이 잘 보였다. 파입스가 올라왔던 길이 아닌 다른 길을 택했는데, 그 길은 산 중턱의 숲으로 이어졌으며, 더 멀리 돌아가지만 덜 가파른 길이었다.

길의 절반쯤 갔을 무렵, 늙은 파입스가 커다란 떡갈나무에 등을 기대고 앉아 쉬었다. 그때 나무 안에서 누군가 두드리는 소리가 났고, 어느 목소리가 뚜렷이 들려왔다.

"날 꺼내 줘! 날 내보내 줘!"

올드 파입스는 피곤함을 잊고 벌떡 일어섰다.

"이건 분명 드리아드* 나무야!" 파입스가 외쳤다.

"그렇다면, 그녀를 꺼내 줘야겠어."

올드 파입스는 드리아드를 본 적이 없었지만, 이 산에 드리아드 나무가 있고 그 나무 안에 드리아드가 살고 있음을 알고 있었다. 또한, 여름에 해가 지기 전 달이 뜨는 날에 드리아드가 사는 나무에 있는 열쇠를 찾아 여는 사람이 있으면, 드리아드가 나무에서 나올 수 있다는 사실도 알고 있었다. 올드 파입스는 보름달에 비친 나무 몸통을 자세히

* 드리아드(Dryad) : 그리스 신화에 나오는 나무의 님프

살펴봤다.

"열쇠를 찾는다면, 반드시 열어줘야겠어." 파입스가 말했다.

오래지 않아 파입스가 튀어나온 나무껍질을 찾았는데, 열쇠 손잡이처럼 보였다. 파입스가 열쇠를 잡았고, 열쇠를 돌릴 수 있었다. 그러자 나무 한쪽이 열렸고, 아름다운 드리아드가 빠르게 걸어 나왔다.

한동안 드리아드는 꼼짝 않고 서서 앞에 펼쳐진 밝고 부드러운 달빛에 비친 평화로운 계곡과 언덕과 숲과 산의 풍경을 바라봤다.

"오, 아름답다. 아름다워!" 드리아드가 외쳤다.

"이런 경치를 얼마 만에 보는지 모르겠어!"

드리아드가 올드 파입스를 돌아보며 말했다.

"날 꺼내 주다니 참으로 선한 사람이로다! 내가 너무 기쁘고 고마우니 입맞춤을 해야겠구나, 노인이여!"

드리아드가 올드 파입스의 목을 껴안고 양 볼에 입맞춤했다.

"나무 안에 있는 동안 얼마나 쓸쓸했는지 너는 아마 상상도 못 할 거야." 드리아드가 말을 이었다.

"겨울에는 따뜻한 나무 안에 있는 게 차라리 나으니 아

올드 파입스와 드리아드

무 상관이 없지만, 여름에는 세상의 아름다움을 볼 수 없어 서글프단다. 바깥에 나온 지 참으로 오랜만이야. 이쪽으로는 사람들이 잘 오지 않는 데다, 적당한 때 오더라도 내가 내는 소리를 듣지 못하거나 들으면 무서워 도망가거나 했거든. 하지만 그대 친애하는 노인이여, 너는 겁을 먹지 않고 열쇠를 찾고 또 찾아 나를 꺼내 주었으니, 겨울이 와서 추워질 때까지는 다시 나무 안에 들어가지 않아도 된다. 이 얼마나 기쁜 일인가! 내 고마움의 표시로 뭘 해주면 좋겠니?"

"드리아드님이 이토록 기뻐하시는 걸 보니, 나도 드리아드님을 꺼내 드려 무척 기쁩니다." 올드 파입스가 말했다.

"하지만 나도 드리아드님을 보고 싶어서 열쇠를 열심히 찾았다고 해야 하겠습니다. 드리아드님이 나를 위해 뭘 해주고 싶다면, 할 일이 있기는 합니다. 드리아드님이 마을에 갈 일이 있다면요."

"마을이라고!" 드리아드가 외쳤다.

"그대를 위해서라면 어디라도 가겠노라. 나의 늙고 친절한 은인이여."

"그렇다면 이 조그만 돈이 든 가방을 마을 촌장에게 갖다주시면 좋겠습니다." 올드 파입스가 말했다.

"올드 파입스는 제대로 하지 못한 일의 보수를 받을 수 없다고도 전해주세요. 가축을 마을로 내려보내는 내 피리 소리를 가축이 듣지 못하게 된 지 벌써 일 년이 넘었습니다. 이를 오늘 밤에야 알게 됐고, 알게 된 이상 돈을 받을 수 없어 돌려보내는 거랍니다."

파입스가 가방을 드리아드에게 건네주고 작별 인사를 했고, 오두막을 향해 뒤돌았다.

"잘 가거라." 드리아드가 말했다.

"참으로 고맙고 또 고맙구나. 마음씨 착한 노인이여!"

올드 파입스가 집으로 걸어가면서 마을까지 갔다 오는 수고를 덜 수 있어 기쁜 마음이었다.

"틀림없이," 파입스가 혼잣말을 했다.

"이 길은 그다지 가팔라 보이지 않고 어렵지 않게 갈 수 있지만, 마을에서부터 걸어왔다면 무척 피곤했을 거야. 게다가 나를 다시 도와줄 아이들도 없고 말이지."

파입스가 집에 왔을 때, 어머니는 생각보다 빨리 돌아오는 아들을 보고 놀랐다.

"이런!" 어머니가 외쳤다.

"벌써 돌아오니? 촌장이 뭐라고 하니? 촌장이 돈을 받던?"

올드 파입스는 드리아드에게 돈을 맡겨 마을에 갖다주라고 했다고 말하려 했으나, 어머니가 싫어할 거라는 생각이 들어서 도중에 만난 사람에게 대신 전달을 부탁했다고 말했다.

"그 사람이 촌장에게 전해준다고 어떻게 믿니?" 어머니가 말했다.

"너는 돈을 잃을 거고, 마을 사람들도 돈을 받지 못할 거야. 오, 파입스! 파입스! 도대체 언제 철이 들 거니?"

올드 파입스는 이미 나이가 칠십이 넘었으니 더 철들 나이가 있을지 의심스러웠지만, 거기에 대해 더는 언급하지 않았고, 돈이 틀림없이 전해질 거라고 말하고는 저녁을 먹으려고 앉았다. 어머니가 파입스를 마구 나무랐지만, 파입스는 크게 신경 쓰지 않았다. 파입스가 저녁을 먹고 밖으로 나가 오두막 앞의 소박한 의자에 앉아 달빛 아래에 있는 마을을 바라봤고, 촌장이 제대로 돈을 받았을지를 생각했으며, 그러다 깊이 잠들었다.

올드 파입스가 드리아드와 헤어졌을 때, 드리아드는 마을로 가지 않았다. 드리아드는 가방을 손에 들고 그녀가 들은 얘기를 잠시 생각했다.

"정말이지 착하고 정직한 노인이야." 드리아드가 중얼거렸다.

"노인이 이 돈을 못 갖는다니 안타깝기 짝이 없네. 그는 돈이 아주 필요해 보인 데다가, 마을 사람들이 그토록 오래 일해 준 노인한테서 돈을 받을 거 같지도 않고 말이야. 나무 안에서 노인의 아름다운 선율을 자주 감상했었지. 노인에게 돌려줘야겠어."

드리아드는 바로 움직이지 않았는데, 봐야 할 아름다운 게 아주 많았기 때문이었다. 얼마 후 드리아드가 오두막으로 올라갔고, 의자에 앉아 잠들어 있는 올드 파입스를 보았다. 드리아드는 가방을 파입스의 외투 주머니에 넣고는 조용히 자리를 떴다.

이튿날 올드 파입스가 어머니에게 산 위쪽으로 가서 나무를 해오겠다고 말했다. 파입스는 산에서 벌목할 권리가 있음에도 오두막 주변에 떨어진 나뭇가지를 줍는 거로 만족한 지 오래되었다. 하지만 파입스는 활기차고 힘이 넘쳐서, 떨어진 나뭇가지보다 더 나은 땔감을 구하기로 했다. 파입스는 오전 내내 일했고, 돌아올 때도 전혀 지치는 느낌이 들지 않았으며, 밥도 아주 맛있게 먹었다.

올드 파입스는 드리아드에 관해 많은 걸 알았지만, 전에 들은 적이 있음에도 잊어버린 게 하나 있었다. 그것은 사람이 드리아드한테서 한 번의 입맞춤을 받으면 십 년이 젊어진다는 사실이다. 마을 사람들은 이를 잘 알고 있어서 열 살 아래의 아이들이 드리아드가 있다는 숲으로 가지 못하게 조심했는데, 아이들이 이 나무 님프에게 어쩌다 입맞춤을 받으면 열 살 아래로 어려져서 세상에서 아예 없어질지 모르기 때문이었다. 마을에 전해오는 이야기가 하나 있다. 어느 열한 살 먹은 못된 아이가 숲으로 도망을 갔다가 드리아드의 입맞춤을 받았고, 아이의 어머니가 찾아보니 아이가 한 살이 되어 있었다. 이 기회를 잘 살려서 어머니는 아이를 전보다 더 세심하게 잘 키웠고, 아이는 아주 착한 아이로 컸다고 한다.

올드 파입스는 드리아드에게 양 볼에 한 번씩 두 번의 입맞춤을 받았으므로, 건강했던 오십 대 시절의 그와 같이 힘 있고 활력이 넘쳤다. 파입스의 어머니는 아들이 얼마나 많은 일을 하는지를 보고서는 잃어버린 돈을 보상하기 위해 그렇게 열심히 일할 필요가 없다고 말했는데, 아들이 몸을 혹사하다 결국에 몸져누울까 걱정해서였다. 하지만 파입스는 몇 년 만에 몸이 날아갈 듯이 좋아졌으며 일이 아주 가뿐하다고 말했다. 오후가 돼서야 올드 파입스가 외투 주머니에 손을 넣게 되었는데, 놀랍게도 조그만 돈 가방이 있었다.

"이런!" 파입스가 탄식했다.

"나도 참 바보 같구나! 정말로 드리아드를 봤다고 생각했는데, 실은 떡갈나무 옆에 앉아 쉴 때 잠이 들어 꿈을 꾼 게 확실해. 돈이 내내 주머니에 있는지도 모르고 드리아드에게 줬다고 생각하고는 집에 온 거야. 촌장에게 돈을 돌려줘야겠어. 오늘은 안 되겠고, 내일 마을로 가서 친구들을 만나보고 돈을 돌려줘야지."

저녁 무렵이 되자, 올드 파입스는 오랜 세월 해왔던 대로 선반에서 피리를 꺼냈고, 밖으로 나가 오두막 앞 바위에 앉았다.

"뭘 하려는 거니?" 어머니가 물었다.

"돈도 받지 않는다면서 피리는 왜 분단 말이냐?"

"그저 불고 싶어졌어요." 파입스가 말했다.

"피리 부는 게 습관이 되어버려서, 이제 와 그만두고 싶지 않네요. 가축이 내 피리 소리를 듣거나 말거나 상관없어요. 어차피 누구한테 폐를 끼치는 것도 아니고요."

마음씨 착한 노인이 아끼는 피리를 부는 순간 피리 소리에 놀랐다. 피리의 감미로운 선율이 우렁차고 청아하게 계곡 아래로 내려갔고, 산 중턱을 거쳐 산 너머로 울려 퍼졌으며, 조금 지나 건너편 계곡 위의 돌투성이 언덕에서 메아리로 돌아왔다.

"하하!" 파입스가 외쳤다.

"내 피리가 웬일이지? 요즘 어디 막혀 있었나 보군. 이제 전처럼 소리가 맑고 좋아졌어."

유쾌한 음률이 또다시 멀리멀리 퍼져나갔다. 산에 있는 가축이 피리 소리를 들었는데, 나이 많은 가축이 목초지에서 매일 저녁 듣던 피리 소리를 기억해내고 산 아래로 향했고, 다른 가축도 뒤를 따랐다.

경쾌한 멜로디가 산 아래 마을에서도 들렸고, 마을 사람들은 놀라움을 금치 못했다.

"아, 올드 파입스의 피리를 부는 사람이 누구지?" 마을 사람들이 궁금해했다.

하지만 다들 바쁘게 일하고 있어서, 누구 하나 산을 올라가 확인하는 사람은 없었다. 한 가지는 분명했는데, 가축이 산에서 내려가고 있다는 것이었다. 따라서 소녀와 두 소년은 가축을 데리러 가지 않아도 되어서 놀 시간을 벌게 되었고, 이로 인해 아이들은 무척 기뻤다.

이튿날 아침, 올드 파입스가 돈을 가지고 마을로 향했는데, 도중에 드리아드를 만났다.

"오호!" 파입스가 외쳤다.

"드리아드님이신가요? 내가 드리아드님을 나무에서 꺼내드린 게 그저 꿈인 줄 알았습니다."

"꿈이라고!" 드리아드가 말했다.

"네 덕분에 내가 얼마나 기뻤는지 알았다면 그저 한낱 꿈이라고는 생각하지 않았을 텐데. 게다가 네게 도움이 되지 않았니? 기분이 좋아지지 않았어? 나는 어제 너의 감미로운 피리 소리를 들었단다."

"그래요. 맞습니다." 파입스가 말했다.

"잘 몰랐는데, 이제 알겠네요. 내가 젊어진 거로군요. 고맙습니다. 진심으로 감사해요, 선하신 드리아드님. 주머니에 돈이 있길래 꿈이라고 생각했지요."

"아, 그건 네가 잠들어 있을 때 내가 넣어두었단다." 드리아드가 웃으며 말했다.

"네가 돈을 가져야 한다고 생각했거든. 잘 있거라, 인정 많고 정직한 노인이여. 네가 오래 살고, 나처럼 행복하길."

올드 파입스는 정말로 젊어졌음을 깨닫고 매우 기뻤고, 돈을 가져다줘야 했으므로 마을로 계속해서 걸었다. 파입스가 마을에 오니, 사람들이 어제저녁 누가 피리를 불었는지 몹시 궁금해했고, 파입스 자신이 불었다고 하자 굉장히 놀랐다. 올드 파입스가 겪은 일을 얘기하니, 사람들이 더욱 놀라며 진심으로 축하하고 악수를 해댔는데, 다들 올드 파입스를 좋아했기 때문이었다. 촌장은 돈 받기를 거절했고, 올드 파입스가 자기가 제대로 번 돈이 아니라고 했지만, 이제 파입스가 전과 같이 피리를 불 수 있게 됐으니 한동안 일을 못 했다고 해서 손해를 봐선 안 된다고 그 자리에 있는 모두가 주장했다.

올드 파입스는 돈을 가질 수밖에 없었고, 친구들과 한두 시간 얘기를 나눈 후 오두막으로 돌아왔다.

올드 파입스의 행운이 기쁘지 않은 존재가 하나 있었으니, 건너편 계곡 위 언덕에 사는 메아리 난쟁이로, 이 난쟁이는 피리 소리가 들릴 때마다 그 소리를 메아리로 만들어 보내는 일을 해야 했다. 이 언덕에는 이 밖에도 많은 메아리 난쟁이들이 있어서, 몇몇은 처녀들의 노래를, 몇몇은 아이들의 외침을, 또 몇몇은 마을에서 자주 들려오는 음악을 메아리로 보냈다. 하지만 이 메아리 난쟁이만이 올드 파입스의 큰 피리 소리를 메아리로 보낼 수 있었으며, 오랜 세월 이 메아리 난쟁이의 유일한 일이었다. 올드 파입스의 몸이 약해지고 피리 소리가 건너편 언덕에서 더는 들리지 않게 되자, 이 메아리 난쟁이는 할 일이 없어져서 즐겁게 게

으름을 피우며 시간을 보냈고, 내내 잠만 자며 지내다가 몹시 뚱뚱해져서 친구들이 그의 걷는 모습을 보고 웃곤 했다.

긴 휴식 끝의 어느 날 오후, 메아리 언덕에 피리 소리가 들려왔을 때, 이 메아리 난쟁이는 바위 뒤에서 깊이 잠들어 있었다. 피리의 첫 음이 들려오자마자 친구들이 이 메아리 난쟁이를 깨우러 달려왔다. 메아리 난쟁이는 비틀거리며 일어나 올드 파입스의 경쾌한 음률을 메아리로 보냈다. 당연하게도 메아리 난쟁이는 편안한 여가 생활을 즐기지 못하게 되자 짜증과 화가 많이 났고, 다시는 피리 연주가 없기를 바랐다.

하지만 이튿날 오후에도 메아리 난쟁이가 잠에서 깨어 들어보니 평소와 같은 시간에 전과 같이 맑고 힘찬 피리 소리가 들려왔고, 올드 파입스가 연주하는 내내 일을 해야만 했다. 메아리 난쟁이는 화가 치밀어 올랐는데, 피리 연주를 들을 일이 앞으로 일절 없을 것으로 생각하던 차에 마치 속은 기분이 들었으며, 그의 분노는 정당하다고 믿었다. 난쟁이는 매우 언짢아서 이 문제가 일시적인지 아닌지 알아봐야겠다고 마음먹었다. 난쟁이는 피리 연주가 하루에 한 번밖에 없어서 여유 시간이 많았으므로, 아침 일찍 올드 파입스가 사는 언덕으로 향했다. 뚱뚱한 난쟁이에게는 만만치 않은 길이어서, 계곡을 지나 산 중턱의 숲으로 조금 들어갔을 때 쉬기 위해 멈추어 섰고, 잠시 후 드리아드가 경쾌하게 걸어왔다.

"오호! 여기서 뭐 하는 거요? 나무에서 어떻게 나왔소?" 난쟁이가 물었다.

"뭐 하냐니!" 드리아드가 말했다.

"난 즐겁게 지내고 있지. 그게 지금 내가 하는 일이야. 피리를 불어 가축을 산 아래로 내려보내는 마음씨 착한 노인이 나무에서 꺼내줬어. 내가 그에게 해준 걸 생각하면 더 즐거울 따름이야. 노인에게 고마워서 입맞춤을 두 번 해주었고, 노인이 다시 젊어져 예전처럼 피리를 불게 됐단다."

메아리 난쟁이가 앞으로 걸어 나왔고, 얼굴은 화가 나서 창백해졌다.

"그렇다면 당신 때문에 이 엄청난 변고가 생겼단 말이요? 당신이 그 늙은이가 다시 피리를 불게 한 나의 사악한 원수란 말이요? 내가 당신에게 무슨 잘못을 했길래, 앞으로 하고많은 세월 동안 그 망할 피리 소리를 메아리로 보내야 하는 고생을 하게 한단 말이오?"

메아리 난쟁이의 말에 드리아드가 크게 웃음을 터트렸

다.

"너는 참으로 재미있는 난쟁이로구나!" 드리아드가 말했다.

"누가 들으면 네가 아침부터 밤까지 고생하는 줄로 오해하겠어. 네가 하는 일은 고작해야 매일 반 시간 정도 올드 파입스의 즐거운 피리 소리를 흉내 내는 거에 불과한데도 말이야. 이 못된 메아리 난쟁이 같으니라고! 너는 게으르고 이기적이야. 그게 너의 허물이란다. 약간의 제대로 된 일에 불평하지 말고, 그래 봐야 돌투성이 언덕의 다른 메아리 난쟁이들이 하는 일보다 편한 일이다만, 건강과 활력을 되찾은 노인의 행운에 기뻐해야 마땅하다. 집에 가서 관대하고 정의로워지는 법을 배우도록 해라. 그러면 행복해질지 모른다. 잘 가거라."

"건방진 드리아드 같으니라고!" 통통한 작은 주먹을 드리아드에게 흔들며 난쟁이가 소리쳤다.

"대가를 치르게 할 테야. 나를 모욕하고 손해를 끼치고, 하고많은 세월 고생해서 얻은 나의 휴식을 빼앗아 갔으니, 이제 어찌 되는지 두고 보라고."

난쟁이가 머리를 거칠게 흔들더니 돌투성이 언덕으로 서둘러 걸어갔다.

매일 저녁 올드 파입스의 경쾌한 음악이 계곡 아래로 내려와 언덕을 거쳐 산으로 올라갔고, 매일 저녁 메아리 난쟁이가 메아리로 보낼 때마다 드리아드를 향한 분노가 쌓여갔다. 매일 이른 아침부터 돌투성이 언덕으로 일을 하러 가야 할 때까지, 난쟁이는 드리아드를 찾아 숲속을 헤맸다. 난쟁이는 드리아드를 만나서 지난번 한 말에 대해 거짓으로 사과하려 했고, 드리아드에게 속임수를 써서 복수할 것을 다짐했다. 그렇게 숲속을 헤매던 어느 날, 난쟁이가 올드 파입스를 만났다. 평소에는 사람을 만나거나 얘기를 나누려 하지 않았지만, 드리아드를 찾고 싶은 마음에 멈춰 서서 파입스에게 드리아드를 본 적이 있는지 물었다. 파입스는 처음에 난쟁이가 어디 있는지 알아채지 못했는데, 아래를 내려다보고 놀랐다.

"아니, 못 봤어." 파입스가 말했다.

"드리아드를 찾으려고 온 사방을 뒤지고 있지만 말이지."

"네가!" 난쟁이가 외쳤다.

"드리아드에게 뭐 원하는 거라도 있어?"

올드 파입스가 바위 위에 앉아서 난쟁이의 귀 쪽으로 가까이 다가갔고, 드리아드가 그에게 해준 일을 얘기했다.

메아리 난쟁이는 이 늙은이가 자기가 매일 메아리로 보

내야 하는 피리 소리를 내는 인물이라는 걸 눈치챘고, 할 수만 있다면 그 자리에서 늙은이를 혼내주고 싶었다. 하지만 난쟁이는 그러지 못하고 그저 이를 바득바득 갈며 이야기를 끝까지 들을 수밖에 없었다.

"늙은 어머니 때문에 드리아드를 찾고 있어." 올드 파입스가 말을 이었다.

"전에 내가 늙었을 때는 어머니가 얼마나 늙었는지 몰랐는데, 이제 보니 놀랄 정도로 힘없고 노쇠해진 어머니의 모습을 보게 됐거든. 나한테 해 준 것처럼 어머니도 젊게 해 달라고 부탁하려고 드리아드를 찾는 중이야."

메아리 난쟁이의 눈이 반짝였다. 어쩌면 이 늙은이가 자기의 계략에 도움이 될지 몰랐다.

"그것참 착한 생각이로군." 난쟁이가 올드 파입스에게 말했다.

"아주 칭찬받을 만한 훌륭한 생각이야. 그런데 드리아드가 그녀를 나무에서 꺼내 준 사람만 젊게 할 수 있다는 걸 알아야 해. 하지만 쉽게 해결할 방법이 있어. 드리아드를 찾아서 바라는 걸 얘기하고, 드리아드더러 나무 안으로 들어가 잠시 갇혀 있으라고 하는 거야. 그러면 네가 가서 어머니를 데려오고, 어머니가 나무문을 열면 네가 원하는 대로 될 거야. 어때, 근사하지 않아?"

"훌륭해!" 올드 파입스가 감탄했다.

"가서 더 열심히 드리아드를 찾아봐야겠어."

"나도 같이 가자." 메아리 난쟁이가 말했다.

"나를 네 튼튼한 어깨 위에 올려줘. 어떻게든 널 돕는다면 기쁘겠어."

"자, 이제," 올드 파입스가 난쟁이를 어깨에 올리고 걸음을 서두를 때, 난쟁이가 생각했다.

"나무 안에 들어가 달라는 늙은이의 부탁을 받으면, 바보 같은 드리아드는 틀림없이 나무 안에 들어갈 테고, 늙은이가 어머니를 데리러 자리를 비웠을 때 내가 돌이나 몽둥이로 나무의 열쇠를 부숴서 아무도 열지 못하게 할 테야. 그러면 드리아드 마님께서는 자기가 나한테 한 짓에 따른 응분의 대가가 어떤지를 깨닫겠지."

이내 둘은 드리아드가 살았던 커다란 떡갈나무에 이르렀고, 저편에서 둘을 향해 걸어오는 아름다운 드리아드를 보았다.

"모든 게 정말 멋들어지게 맞아떨어지는군!" 난쟁이가 말했다.

"나는 가봐야겠으니 내려줘. 내 일보다는 드리아드를 만나보는 게 중요하니까. 내가 그 방법을 얘기했다는 말은 하지 말아줘. 칭찬은 다 네 몫이야."

올드 파입스가 메아리 난쟁이를 땅에 내려놓았지만, 이 작은 악당은 멀리 가지 않았다. 난쟁이는 이끼 낀 낮은 바위에 숨었는데, 난쟁이가 바위의 색깔과 비슷해서 바로 보더라도 있는지 없는지 분간하기 어려웠다.

드리아드가 왔을 때, 올드 파입스는 곧바로 어머니의 형편과 자기의 부탁을 얘기했다. 드리아드는 아무 말 없이 올드 파입스를 서글프게 바라보며 서 있을 뿐이었다.

"정말로 내가 다시 나무로 들어가 주길 바라니?" 드리아드가 물었다.

"무슨 일이 생길지 몰라서 정말 그러기 싫구나. 더구나 네 어머니가 기회를 준다면 언제든 어머니를 젊게 할 수 있으니 불필요한 일이기도 하고. 이미 네가 더 행복해졌으면 좋겠다는 생각에 그러려고 했단다. 몇 번이고 네 오두막 앞에서 어머니가 나오길 기다렸거든. 하지만 네 어머니는 오두막 바깥으로 좀체 나오질 않았고, 네가 알다시피 드리아드는 사람이 사는 집으로 들어가지 못해. 어쩌다 이 생각을 했는지 모르겠구나. 네가 생각해 낸 거니?"

"아니요. 그렇지 않습니다. 숲에서 만난 난쟁이가 일러줬지요." 올드 파입스가 대답했다.

"오!" 드리아드가 외쳤다.

"이제 알겠어. 너와 내게 장난을 치려는 그 못된 메아리 난쟁이의 잔꾀로구나. 난쟁이는 어디 있니? 내가 한번 봐야겠다."

"난쟁이는 가버린 거 같습니다." 올드 파입스가 말했다.

"아니, 가지 않았어." 드리아드가 말했고, 날카로운 시력으로 바위 사이에 숨은 메아리 난쟁이를 찾아냈다.

"저기 난쟁이가 있다. 저 난쟁이를 이리 끌어내다오."

드리아드가 난쟁이를 가리켜 보이자 올드 파입스가 곧바로 난쟁이를 알아봤고, 바위로 달려가서 난쟁이의 다리를 잡아 끌어냈다.

"자, 이제 난쟁이를 이 안에 넣어 두고 문을 잠그도록 하자." 커다란 떡갈나무의 문을 열고 드리아드가 외쳤다.

"그러면 내게 남겨진 자유로운 시간 동안 저 난쟁이의 사악함에서 벗어날 테니까."

올드 파입스가 메아리 난쟁이를 나무 안에 밀어 넣었고, 드리아드가 문을 닫고 잠갔다. 나무껍질에서 찰칵하는 소리가 났으며, 나무에 있는 출입구의 흔적은 전혀 보이지 않았다.

"이제 난쟁이는 걱정 안 해도 된다." 드리아드가 말했다.

"나의 마음씨 착한 피리 부는 노인이여, 어서 너의 어머니를 젊게 해주면 기쁘겠구나. 가서 어머니에게 밖으로 나와 나를 만나보라고 말해주겠니?"

"그러겠습니다." 올드 파입스가 크게 말했다.

"바로 그렇게 하지요."

올드 파입스가 드리아드와 함께 오두막으로 서둘러 걸었다. 올드 파입스가 앞뒤 상황을 어머니에게 얘기했지만, 어머니는 무척 화를 낼 뿐이었다. 어머니는 드리아드의 존재를 믿지 않았으며, 설령 드리아드가 있다 하더라도 그녀들은 마녀나 여자 마법사일 것이므로 드리아드와 조금도 엮이고 싶지 않았다. 만약 아들이 드리아드의 입맞춤을 허용했다면, 정말이지 한심할 뿐이었다. 드리아드의 입맞춤을 받아 젊어졌다는 얘기도 어머니는 조금도 믿지 않았다. 아들이 평소보다 몸 상태가 좋다고 느낄지 모르지만, 새삼스러울 게 없었다. 어머니도 그런 적이 있었기 때문이며, 다시는 드리아드 얘기를 꺼내지도 말라고 했다.

그날 저녁 올드 파입스는 어머니를 젊게 하려는 계획이 좌절되어 슬픈 마음에 오두막 앞 바위에 앉아 피리를 불었다. 파입스의 흥겨운 피리 소리가 계곡을 내려가 언덕을 거쳐 산으로 올라갔고, 이 소리를 들은 몇몇 사람들이 굉장히 놀라운 사실을 발견하는데, 그 소리가 돌투성이 언덕이 아니라 올드 파입스가 사는 계곡 쪽 숲에서 메아리쳤기 때문이었다.

이튿날 마을 사람들이 하던 일을 멈추고 숲에서 메아리가 되어 오는 피리 소리를 들었다. 피리 소리는 돌투성이 언덕에서 메아리칠 때만큼 맑고 힘차지는 않았지만, 숲속 어딘가에서 들려오고는 있었다. 이렇게 메아리 울리는 곳이 바뀌는 일은 난생처음이었으며, 어떻게 된 일인지 모를 일이었다. 하지만 올드 파입스는 피리 소리가 커다란 떡갈나무 안에 있는 메아리 난쟁이한테서 난다는 걸 알고 있었다. 나무 벽이 그다지 두껍지 않아서 피리 소리가 벽을 통해 들렸고, 난쟁이는 피리 소리가 들릴 때마다 의무를 다하기 위해 메아리를 내보냈다. 올드 파입스는 누군가 나무에 갇힌 메아리 난쟁이의 얘기를 알게 되면 드리아드가 곤란해질지 모르므로 현명하게 침묵을 지켰다.

어느 날 올드 파입스가 산길을 오르게 도왔던 소녀와 두 소년이 숲에서 놀고 있었다. 난쟁이가 갇힌 떡갈나무 근처에 멈춰선 아이들에게 누군가 안에서 두드리는 소리와 뒤이어 목소리가 분명히 들렸다.

"날 꺼내 줘! 날 내보내 줘!"

한동안 아이들이 놀라 꼼짝을 못 했는데, 한 소년이 외쳤다.

"올드 파입스 할아버지가 찾았다는 드리아드 중 하나가 틀림없어! 드리아드를 꺼내 주자!"

"그게 무슨 바보 같은 소리니?" 소녀가 나무랐다.

"우리 중에 제일 나이가 많은 나도 이제 겨우 열세 살이야. 엉금엉금 걸음마 하는 아기가 되고 싶어? 뛰어! 뛰라고! 도망가야 해!"

아이들이 계곡 아래로 있는 힘껏 뛰어 내려갔다. 아이들의 어린 심정으로는 더 어려지고 싶은 마음은 추호도 없었다. 부모님들이 아이들을 아기 때부터 다시 키우는 게 좋겠다고 생각할지 몰라서, 아이들은 드리아드의 나무 얘기를 일절 입 밖에 내지 않았다.

여름이 감에 따라 올드 파입스의 어머니는 점점 힘이 없어졌다. 올드 파입스는 사냥이나 낚시를 하기 위해 숲으로 가거나, 계곡 아래로 일하러 가는 일이 잦았는데, 그렇게 올드 파입스가 밖에 나간 어느 날, 파입스의 어머니가 뜨개질하다가 소박한 저녁을 하려고 일어났다. 그러나 그녀는 너무나 쇠약하고 지쳐서 그렇게 오랫동안 해 오던 일을 하지 못했다.

"아아! 이럴 수가!" 그녀가 말했다.

"내가 너무 늙어 일하지 못할 나이가 되어 버렸어. 음식을 장만하고 잠자리를 마련하고 옷을 고쳐줄 사람을 아들이 불러야 하겠네. 아아! 이럴 수가! 사는 날까지 일할 수 있기를 바랐건만, 이제는 못 하게 되었어. 이제 일도 못 하고, 누군가 아들의 저녁을 만들어 줘야 한다니. 그나저나 아들은 어딜 간 걸까?"

어머니는 아들을 찾아 비틀거리며 문을 지나 바깥으로 나왔다. 그녀는 서 있기 힘들었고, 투박한 의자에 털썩 주저앉아서는 피곤함을 느껴 잠이 들었다.

올드 파이프스의 선한 의도를 이루어줄 적당한 기회를 보기 위해 자주 들렀던 드리아드가 마침 오두막에 왔다. 드리아드는 그토록 바라던 기회가 왔음을 깨달았고, 어머니의 뒤로 조심스럽게 걸어가서, 그녀의 양 볼에 가볍게 입맞춤하고는 조용히 자리를 떴다.

잠시 후, 어머니가 잠에서 깼고, 서두르는 해를 보고 놀라 소리쳤다.

"어머나, 벌써 저녁 시간이야! 아들이 곧 올 텐데, 아직 아무것도 하질 못했어."

그녀가 일어나 서둘러 집으로 들어갔고, 불을 피우고 고기와 야채를 요리하고 테이블보를 깔았으며, 아들이 돌아왔을 때는 저녁이 식탁에 마련됐다.

"잠깐 잠이 들었을 뿐인데도, 몸이 아주 가뿐해졌어!"

그녀가 바삐 움직이며 생각했다. 그녀는 원래 활력이 넘쳤었으며, 칠십의 나이였을 때는 지금의 아들보다 더 생기 있고 활기찼었다. 올드 파입스가 어머니를 봤을 때, 드리아드가 왔다 갔음을 눈치챘다. 하지만 이미 왕처럼 행복한 마당에 굳이 드리아드 얘기를 할 만큼 어리석지 않았다.

"오늘 얼마나 몸이 가벼워졌는지 놀라울 정도야!" 파입스의 어머니가 말했다.

"내 청력이 좋아졌거나, 아니면 네가 전보다 쉽게 얘기하는 거 같구나."

시간이 흐르고 흘러 여름이 지났고, 나무에서 잎들이 떨어졌으며, 날씨가 선선해지기 시작했다.

"이제 아름다운 풍경의 시간이 다 지나고 말았어." 드리아드가 말했다.

"밤공기도 차가워졌구나. 커다란 떡갈나무의 안락한 거처에 들어갈 때가 됐다. 그 전에 올드 파입스의 오두막에 한 번 더 가 봐야겠어."

피리 부는 노인과 어머니가 문 앞에 있는 바위에 나란히 앉아 있는 모습이 드리아드에게 보였다. 가축이 더는 산에 가지 않아도 되는 계절이 되었고, 파입스가 그해 마지막으로 피리를 불어 가축을 내려보냈다. 올드 파입스의 피리에서 크고 경쾌한 음이 퍼져 나왔고, 산 아래로 가축이 내려갔는데, 소들은 가장 완만한 길로 내려갔고, 양들은 그다지 완만하지 않은 길로 내려갔고, 염소들은 돌투성이의 가장 험한 길로 내려갔으며, 커다란 떡갈나무에서는 흥겨운 음악의 메아리가 흘러나왔다.

"저기 앉아 있는 둘이 무척 행복해 보이네!" 드리아드가 말했다.

"둘이 조금 더 젊어진다고 나쁜 건 없겠지."

드리아드가 그들의 뒤로 조용히 가서 먼저 올드 파입스의 볼에 입 맞추고 뒤이어 어머니의 볼에도 입 맞추었다.

피리 연주를 마친 올드 파입스는 무슨 일이 생겼는지 바로 알아차렸지만, 입을 열지도 움직이지도 않았다. 올드 파입스의 어머니는 아들이 자기 볼에 입 맞추었다고 착각했고, 웃는 낯으로 아들을 돌아보는 아들의 볼에 입 맞추었다. 어머니는 활기찬 육십 대의 할머니가 돼서 자리에서 일어나 오두막으로 들어갔고, 어머니보다 스무 살이 젊어진 아들도 기쁘게 일어나 오두막으로 향했다.

드리아드는 서둘러 숲으로 갔고, 차가운 저녁 바람에 어깨를 움츠렸다.

드리아드가 커다란 떡갈나무에 이르러, 열쇠를 돌리고 문을 열었다.

"밖으로 나와라." 드리아드가 안에서 눈을 깜빡이고 앉아 있는 메아리 난쟁이에게 말했다.

"겨울이 오고 있으니, 이제 내가 이 안락한 거처를 써야겠다. 가축이 올해 마지막으로 산에서 내려갔으니까, 당분간 피리 소리는 나지 않을 거야. 너는 네 바위로 가서 내년 봄까지 쉬어라."

드리아드의 말을 듣고 난쟁이가 총총히 밖으로 나왔고, 드리아드가 나무 안에 들어가서 문을 닫아 잠갔다.

"난쟁이가 원한다면 열쇠를 부술지 몰라." 드리아드가 생각했다.

"하지만 상관없어. 내년 봄에 또 다른 열쇠가 자랄 테니까. 마음씨 착한 피리 부는 노인이 나와 아무 약속도 하지 않았지만, 내년에 날이 따뜻해지면 분명 다시 와서 나를 꺼내 줄 거야."

메아리 난쟁이는 열쇠를 부수려고 머뭇거리지 않았다.

다른 생각을 할 겨를 없이 풀려나온 게 그저 기쁘기 한량 없었고, 돌투성이 언덕에 있는 집으로 바삐 걸음을 서둘렀다.

피리 부는 노인을 향한 드리아드의 믿음은 틀리지 않았다. 날이 따뜻해지자, 올드 파입스는 드리아드를 꺼내 주려고 커다란 떡갈나무로 갔다. 하지만 참으로 놀랍고 슬프게도 땅에 쓰러진 떡갈나무가 눈에 띄었다. 겨울에 불었던 폭풍으로 인해 나무는 쓰러져 있었고, 나무 둥치는 부서져 있었다. 그 후 드리아드의 행방을 아는 이는 아무도 없었다.

마법사의 딸과 군주의 아들

 옛날 어느 마법사의 거대한 성이 있었다. 성은 높은 언덕 위에 있었는데, 성 앞에는 넓은 정원이 있었고, 그 성주城主의 명성은 전 영토에 널리 퍼져 있었다. 그는 매우 현명하고 훌륭한 마법사였고, 인정 많고 정직한 사람이었으며, 다양한 신분의 사람들이 그들에게 닥친 문제를 해결하기 위해 마법사를 찾아왔다.

 그러나 마법사도 차츰 나이가 들었고, 끝내는 세상을 뜨고 말았다. 마법사의 유일한 혈육으로 열세 살 나이의 필라미나라는 딸이 있었는데, 사람들은 위대한 마법사가 이제 없으니 어떤 일이 생길지 궁금해했다.

어느 날 필라미나가 성 앞의 넓은 계단으로 나와서, 늙은 마법사를 도왔던 거인들과 아랍의 정령들과 요정들과 마신들과 난쟁이들과 도깨비들과 엘프들과 소인족들과 그 밖의 초자연적인 존재들에게 무언가 신비로운 일을 해야 할 때가 되면 각자의 임무를 다하라고 간단히 얘기했다.

"아버지가 가엾게도 돌아가셨으니, 내가 가업을 이어가야 해." 필라미나가 말했다.

"따라서 너희가 전에 아버지를 따랐듯이, 이제부터 내가 말하는 대로 해 줘야겠다. 누구든 와서 도움을 부탁하면, 나는 그를 위해 힘쓰겠어."

거인들과 요정들과 다른 하인들이 필라미나의 말을 듣고 기뻐했는데, 그녀를 좋아했기 때문이었고, 줄곧 게을리 지내는 게 무료하던 참이었다.

햇볕 드는 돌 위에 누워있던 아랍 정령이 일어나더니, 자기들의 고충을 해결해 줄 수 있는 마법사의 후계자가 있는지를 알아보러 여섯 인물이 성문 밖에 와 있다고 말했다.

"그들을 흐릿한 지하실로 안내해라." 필라미나가 말했다.

"먼저 안에 들어가 맞을 준비를 해야겠다."

흐릿한 지하실은 둥근 아치형 천장의 넓은 방이었는데, 늙은 마법사가 찾아오는 사람들을 만날 때 쓰던 방이었다. 방안 곳곳의 벽과 선반과 탁자와 테이블에는 마법사가 사용하던 기이하고 신비한 마법 도구가 놓여 있었다.

방에 커다란 테이블이 있었고, 테이블 위에는 마법의 전승과 지식에 관한 오래된 책과 양피지가 쌓여 있었다. 테이블 한쪽에 마법사의 의자가 있었는데, 필라미나가 충분히 커 보이기 위해 의자 위에 방석을 겹쳐 쌓고 그 위에 앉았다.

"자, 이제," 필라미나가 옆에 대기하고 있는 아랍 정령에게 말했다.

"다 준비된 거 같고, 신비의 향을 내기 위해 네가 불을 밝혀야 해. 방 저편에 있는 쇠 램프에 밝히면 되겠다. 램프에 뭘 넣어야 하는지 아니?"

아랍 정령은 몰랐지만, 뭐든 찾을 거로 생각해서 선반 위의 병들을 살펴보더니, 그중 하나를 꺼내 병에 든 걸 램프에 조금 넣고 불을 붙였다. 곧바로 폭발이 일어났고, 무거운 램프가 아랍 정령의 머리 위를 스치고 날아갔다.

"다시는 그런 짓 하지 마." 필라미나가 말했다.

"그러다 다칠 거야. 유령을 들어오라고 해. 유령은 다치지 않을 테니까."

유령이 들어왔고, 다른 쇠 램프를 꺼내서 다른 병에 있는 걸 넣었다. 이번에도 전처럼 폭발이 일어나서 깨진 램프가 유령의 몸을 통과했는데, 물론 유령은 아무렇지 않았다. 유령이 또 다른 걸 시도했고, 이번에는 지극히 신비로운 향이 나는 걸 찾아냈다.

"자 이제 손님들을 데려와라." 필라미나가 말했고, 저마다 어려움에 처한 여섯 사람이 방안으로 들어왔다. 필라미나가 종이와 연필을 집어 들고, 그들에게 차례로 의뢰 내용을 물었다. 첫 번째는 상인이었는데, 많은 루비를 잃어버려서 깊은 슬픔에 빠져 있었고, 어디서 루비를 찾아야 하는지 알고 싶어 했다.

"루비의 양이 얼마였나요?" 필라미나가 불행한 상인에게 물었다.

"두 쿼트*였습니다." 상인이 말했다.

"며칠 전 재봤지요. 루비는 버찌만 한 크기였습니다."

"큰 버찌 말씀인가요?" 필라미나가 물었다.

"그래요. 가장 큰 버찌만 한 크기였습니다." 상인이 대답했다.

* 쿼트(quart): 사 분의 일 갤런, 약 일 리터

"흠, 일주일 후에 오세요." 필라미나가 종이에 빠짐없이 적으며 말했다.

"제가 어떻게 해드릴지 알아보겠습니다."

다음은 사랑하는 사람을 잃어버린 아름다운 처녀였다.

"그는 어떤 사람이었나요?" 필라미나가 물었다.

"오, 그는 이루 형언할 수 없을 만큼 잘생긴 사람이에요." 아름다운 처녀가 말했다.

"키 크고, 당당하고, 모든 면에서 빛나는 사람이랍니다. 그는 사슴보다 더 우아하고, 사자보다 더 용맹하지요. 그의 머리는 흐르는 비단 같고, 눈은 한낮의 하늘과 같습니다."

"그만 눈물을 그치세요." 필라미나가 말했다.

"그를 곧 찾을 거예요. 그런 남자는 흔치 않으니까요. 일주일 후에 다시 오세요."

다음은 탐욕스러운 왕이었는데, 그는 이웃 왕국을 무척 빼앗고 싶어 했다.

"유일한 걸림돌은," 욕심이 이글거리는 눈을 반짝이며 왕이 말했다.

"왕좌에 있는 늙은 왕과 어린 후계자요. 후계자는 아직 아기지. 둘 다 저세상으로 간다면, 내가 가장 가까운 친척이니까 왕국을 차지하게 되겠지. 둘을 바로 없애고 싶지는 않고, 차츰 병을 앓다 세상을 떴으면 좋겠소."

"그렇다면 아주 늙은 사람과 아주 어린 아기에 맞는 병을 원하는군요?" 필라미나가 물었다.

"바로 그렇소." 탐욕스러운 왕이 말했다.

"좋습니다." 필라미나가 말했다.

"일주일 후에 오세요. 제가 어떻게 해드릴지 알아보겠습니다."

탐욕스러운 왕은 그렇게 오래 기다리고 싶지 않았지만, 어쩔 수 없이 방을 나갔다.

다음으로 젊은이가 왔는데, 그는 낡은 쇠막대기와 말 편자로 금을 만드는 법을 알고 싶어 했다. 그는 갖가지 방법을 써봤지만, 다 실패했었다. 뒤를 이어 이웃 국가의 거대한 군대에 항상 패전만 하는 장군이 등장했다. 장군은 자기 군대의 승리를 장담할 수 있는 걸 얻고 싶어 했다. 마법사의 딸은 이들에게도 일주일 후에 오면 어떻게 해결할지를 알아보겠다고 말했다.

마지막은 늙은 여자였는데, 루트비어*를 만드는 좋은 방법을 알고 싶어 했다. 그녀는 오랫동안 루트비어를 팔아왔지만, 맛이 그다지 좋지 않아서 사람들을 언짢게 했으며, 손님이 점점 줄었다. 그녀의 말에 따르면, 아들들과 딸들에

---

* 루트비어(root beer): 나무나 풀의 뿌리의 즙을 발효시켜 만드는 청량음료

게 보탬이 되고, 손자들을 학교에 보내기 위해 꼭 장사가 잘돼야 했다.

"가엾은 여인이여!" 필라미나가 말했다.

"최선을 다하겠어요. 여기서 멀리 사시나요?"

"그래요." 늙은 여자가 말했다.

"멀고 힘든 길이지요."

"그렇다면 집까지 모셔다드리고, 일주일 후에 다시 모시러 가겠습니다."

필라미나가 거인 둘을 불렀고, 가마 의자에 늙은 여자를 태워 집까지 바래다주라고 말했다.

방문자가 다 떠났고, 필라미나가 하인들을 불러 작성한 목록을 읽어줬다.

"이 상인의 문제를 해결하려면, 너희 도깨비들 몇몇이 루비를 찾아줘야겠어." 필라미나가 말했다.

"너희는 귀중한 보석을 잘 아니까. 커다란 버찌를 지니고 다니면서, 두 쿼트 분량의 큰 버찌만 한 루비를 찾아보도록 해. 대여섯 요정이 아름다운 처녀의 잘생긴 연인을 찾으면 되겠어. 그를 보게 되면, 바로 알 수 있을 거야. 마신은 장군의 군대를 살펴보고, 뭐가 문제인지 알아봐. 네다섯 난쟁이들은 대장장이 일을 많이 했으니까, 말 편자로 금을 만들어 보도록 해. 누구 노인과 아기가 잘 걸리는 병을 알아?"

어느 엘프가 노인에 관해 류머티즘을 제안했고, 필라미나가 아기에 관해 배앓이를 생각해냈다.

"가서 류머티즘과 배앓이를 병에 섞어 와라." 필라미나가 아랍 정령에게 말했다.

"그 욕심 많은 왕에게 그걸 먹이겠어. 루트비어 문제는," 필라미나가 말을 이었다.

"너희 중 누구든 할 수 있으면, 여기 선반에 있는 걸 가지고 맛있는 루트비어를 만들어 봐. 내일 다 같이 누가 맛있는 루트비어를 만들었는지 맛을 볼 거고, 누구든 제조법을 알아내게 되면, 포상을 두둑이 하겠어."

필라미나가 낮잠을 자러 자기 방으로 갔고, 수많은 요정, 거인, 난쟁이 등이 맛있는 루트비어를 만들려고 했다. 그들은 선반에 있거나 구석에 처박힌 거의 모든 탕제와 약제를 가지고 온갖 실험을 했으며, 밤이 깊도록 용액을 끓이고, 적시고, 섞고, 저었다.

달빛이 비치는 밤이었고, 도깨비 하나가 동료들이 일하고 있는 흐릿한 지하실에서 나와 안마당으로 나왔으며, 거기서 홀로 활주하고 있는 유령을 만났다.

"뭐가 어떻게 돌아가는지 네게 말해 줄게." 도깨비가 말했다.

"나는 저 용액들을 맛봐야 하는 내일 아침까지 여기 있고 싶지 않아. 다들 아주 끔찍한 음료를 만들고 있어. 모든 게 마무리될 때까지 도망가 있을 거야."

"나한테는 뭐를 맛보라고 안 할 테니 나하고는 상관이 없지만, 네가 도망간다면, 너와 같이 가도 나쁘지 않겠어. 별로 할 일도 없거든." 유령이 말했다.

둘이 거대한 성문을 나와 길을 나섰다.

"잠깐 기다려!" 짧은 다리로 있는 힘껏 달리던 도깨비가 말했다.

"좀 천천히 활주하면 안 돼? 너를 쫓아갈 수가 없어."

"너는 활주하는 법을 배워야 해." 유령이 성의 없이 말했다.

"걷는 거보다 훨씬 편하니까."

"내가 희미한 연기처럼 된다면 한 번 해보겠지만, 지금은 할 수가 없어." 도깨비가 언짢아하며 말했다.

유령이 천천히 활주해야 했고, 둘이 산기슭에 있는 어느 마법사와 마녀의 오두막에 이르렀는데, 그 마법사와 마녀는 세상을 뜬 마법사의 성으로 가려는 사람들한테서 가끔 약간의 일을 맡아 했다. 마법사와 그의 아내가 아직 깨어 있었으므로, 도깨비와 유령이 얘기를 나누기 위해 오두막으로 들어갔다.

"잘 지내세요?" 모두 모닥불을 둘러싸고 앉았을 때 유령이 말했다.

"요즘 마법 일이 많으신가요?"

"아니 별로 없어." 마법사가 말했다.

"늙은 마법사가 돌아가시고 일이 많아질 줄 알았는데, 사람들이 여전히 마법사의 성으로 올라가는 거 같아."

"그렇군요." 도깨비가 말했다.

"성에서는 아주 희한한 일이 벌어지고 있어요. 어느 늙은 여자의 루트비어를 만든답시고 애를 쓰고 있는데, 지금 빚고 있는 독하고 형편없는 엉망진창은 듣도 보도 못했답니다."

"성에서는 루트비어를 만들 수 없어!" 마녀가 날카롭게 외쳤다.

"아무도 어떻게 만드는지 몰라. 루트비어의 비결을 아는 사람이 딱 하나 있는데, 바로 여기 있는 나야."

"오, 그 비결을 말씀해 주세요!" 도깨비가 의자에서 펄쩍 뛰며 외쳤다.

"잘 만드는 사람은 포상을 받습니다. 그리고—"

"포상이라고!" 마녀가 외쳤다.

"그렇다면, 내가 잘도 너한테 비결을 알려주고 싶겠구나! 너희가 루트비어를 만들려고 온갖 시도를 다 하고 나면, 내가 나서서 포상을 받아야겠어."

"그렇다면 저희는 이만 가는 게 좋겠습니다." 도깨비가 말했고, 도깨비와 유령이 오두막을 떠났다.

"내가 보기엔 말이지," 유령이 신중하게 고개를 저으며 말했다.

"저 사람들은 너무 인색해서 잘 되기는 글렀어."

"사실이야." 도깨비가 맞장구쳤다.

그때 둘이 하루 이틀 전에 마법사의 성에서 먼 곳으로 심부름을 갔던 작은 요정을 만났다. 작은 요정은 도깨비와 유령이 어디로 가는지 알고 싶어 했고, 둘의 얘기를 듣자 아무 말 없이 가던 길을 갔다.

작은 요정이 성에 이르러 보니, 온갖 루트비어가 만들어져 있었고, 다들 루트비어를 식히기 위해 여러 병과 항아리들을 바쁘게 안마당에 놓고 있었다. 작은 요정이 몇몇 병에 있는 기이한 용액을 냄새 맡아보고, 도망친 도깨비와 유령 얘기를 했다. 도깨비와 유령이 도망간 이유를 알게 되자,

다들 경악한 표정으로 서로를 쳐다보며 서 있었다.

"그 생각은 미처 못 했어." 한 거인이 말했다.

"하지만 그렇게 될 거야. 우리는 저 루트비어를 다 맛봐야 할 텐데, 저 루트비어의 반이 독으로 판명되더라도 하나도 이상하지 않아. 나는 빠져야겠어."

거인이 말하고 모자를 푹 눌러쓰더니, 한 걸음을 크게 내디디어 안마당의 담을 넘어갔다. 그러자 거인, 마신, 난쟁이, 요정, 도깨비, 아랍 정령, 엘프, 그 밖의 하인들이 거인의 뒤를 따라 성문을 나서거나 성벽을 넘어 언덕 아래로 몰려갔으며, 동서남북으로 뿔뿔이 흩어져 사라졌다.

뒤에 남은 건 어린 꼬마 도깨비뿐이었다. 그는 의리가 있었으므로, 어린 여자 성주城主를 저버리고 싶지 않았다. 꼬마 도깨비는 뒤에 남았고, 아침이 되어 필라미나가 내려오자, 자초지종을 얘기했다.

"그렇다면 너 빼고 다 나를 떠나버렸구나." 필라미나가 서글프게 말했다.

꼬마 도깨비가 고개를 숙여 절했다. 그는 머리가 컸고, 팔다리는 축 처져 있었지만, 올곧은 얼굴을 하고 있었다.

"어쩌면 하인들이 현명했는지도 몰라." 병과 항아리들을 바라보며 필라미나가 말했다.

"루트비어를 맛보다 목숨이 위험할지 모르니까. 하지만 나한테 아무 말도 없이 도망가다니 다 겁쟁이들이야. 네가 유일하게 충직함을 보였으니, 너를 집안 관리자로 임명하겠다."

꼬마 도깨비는 감사함에 몸 둘 바를 몰랐고, 말 한마디 하지 못했다.

"하지만 하인들 없이는 아무것도 할 수가 없어." 필라미나가 말했다.

"가서 찾아봐야겠어. 몇몇은 멀리 안 갔을 거야. 성문을 잠그고 열쇠를 갖고 가자. 너를 홉이라고 불러도 될까?"

꼬마 도깨비가 필라미나가 원한다면 당연히 그렇게 불러도 된다고 말했다.

"그렇다면 홉," 필라미나가 말했다.

"가서 의자를 하나 가지고 오렴. 우리 키가 커다란 자물쇠에 닿지 않으니까."

홉이 뛰어가 의자를 가지고 밖으로 나왔다. 둘은 성문을 닫고 의자에 올라가 있는 힘을 다해 커다란 열쇠를 돌렸고, 열쇠는 꼬마 도깨비가 지니기로 하고 길을 나섰다.

"열쇠를 잘 지니고 있어야 해." 필라미나가 말했다.

"잃어버리면 다시 돌아가지 못할 거야. 너 주머니가 없니?"

"열쇠를 넣을 만큼 크지 않아요." 꼬마 도깨비가 말했다. "등 뒤 내 옷 속에 넣어주세요. 거기면 안전할 거예요."

필라미나가 열쇠를 꼬마 도깨비의 등 뒤 옷 속에 넣었다. 열쇠는 아주 커서 거의 꼬마 도깨비의 등 전체에 닿았고 아주 차가웠지만, 꼬마 도깨비는 아무 불평도 하지 않았다.

둘이 곧 마법사의 오두막에 이르렀고, 오두막에 들러 도망친 식솔을 본 적이 있는지 물었다. 마법사와 마녀가 둘을 공손히 맞았고, 도깨비와 유령은 봤지만 그 외에는 아무도 보지 못했다고 말했다. 필라미나가 꼬마 도깨비를 뺀 하인들이 그녀를 저버리고 달아나버린 경위를 얘기했다. 필라미나가 얘기를 마치자, 마녀가 아주 기뻐하며 남편을 구석으로 끌고 가서 말했다.

"한동안 손님하고 얘기하면서 시간을 끌어요. 금방 다녀 올게요."

이 말을 하고 마녀가 뒷방으로 가서 창문을 뛰어넘었고, 온 힘을 다해 마법사의 성을 향해 뛰었다.

"성이 텅 비어 있다니, 이런 일이 다 생기네!" 마녀가 생각했다.

"성에 아무도 없다니! 이런 일은 두 번 다시 없을 거야. 늙은 마법사의 신비한 보물들을 뒤져 볼 수 있겠어. 내 평생 알게 된 거보다 훨씬 더 많은 걸 알게 될 거야!"

한편, 인자한 성품의 마법사는 필라미나와 꼬마 도깨비에게 대자연의 오묘함과 그가 세상의 여러 곳을 여행한 경험을 얘기했으며, 필라미나는 이를 매우 흥미롭게 들었다. 꼬마 도깨비는 여주인에게 매우 충직했으므로, 꼬마 도깨비에게도 아주 흥미로웠다.

마녀가 성에 이르러 잠겨 있는 거대한 성문을 보고 놀랐다. 이는 미처 생각하지 못했었다.

"그 둘한테서 열쇠는 보이지 않았어." 마녀가 생각했다.

"게다가 열쇠가 너무 커서 주머니에 넣을 수도 없지. 어쩌면 계단 밑에 숨겨놨는지 몰라."

마녀가 땅에 무릎을 꿇고서, 성문 앞에 있는 커다란 돌계단 아래를 더듬었다. 하지만 어디에도 열쇠는 없었다. 그때 성문 옆에 놓아둔 의자가 마녀의 눈에 띄었다.

"오호!" 마녀가 외쳤다.

"저거로구나! 그 애들이 열쇠를 성문 위쪽에 있는 돌기 위에 올려놓았고, 그러기 위해 의자 위에 올라섰던 거야!"

마녀가 재빨리 의자를 성문 앞에 가져다 놓고 의자 위에 올라섰다. 하지만 그래도 성문 돌기까지는 닿지 않아서, 마녀는 의자 등받이 위로 발을 디뎌 올라섰다. 그제야 간신히 돌기에 손이 닿았는데, 열쇠를 찾기 위해 손을 더듬거리다가 의자가 기울어 넘어가 버렸고, 마녀는 돌기를 잡고 허공에 대롱대롱 매달린 형국이 되었다. 마녀는 밑으로 떨어질까 두려웠는데, 떨어지면 크게 다칠 것 같았기 때문이었다. 마녀는 그렇게 매달린 채로 발을 동동 구르며 도와달라고 소리질렀다.

그때, 잘못을 뉘우치고 돌아와 본분을 다해야겠다고 마음먹은 히포그리프*가 다가왔다. 히포그리프는 성문 앞에 매달린 마녀를 보고 놀랐고, 마녀에게 달려갔다.

"아하!" 히포그리프가 외쳤다.

"우리 성으로 담을 넘어가려고 했었구나. 그렇지? 당신 참 대단한 양반이구먼!"

"오, 히포그리프." 마녀가 말했다.

"밑으로 내려가기만 하면 다 설명할 수 있어. 저 의자를 내 발밑에 갖다 놓아 줘. 그래 주면 너를 위해 뭐든 해주마."

히포그리프가 생각에 잠겼다. 마녀가 뭘 해줄 수 있을까? 그때 마녀가 맛있는 루트비어 만드는 법을 알지도 모

---

* 히포그리프(hippogriff): 독수리의 머리와 날개를 가진 전설 속의 말

른다는 생각이 들었다. 히포그리프가 마녀에게 루트비어 만드는 법을 가르쳐 주면 밑으로 내려오게 해주겠다고 말했다.

"절대로 안 돼!" 마녀가 소리쳤다.

"내가 포상을 받아야 해. 그거 말고 다른 걸 말해!"

"루트비어 만드는 거 말고 다른 거는 없어." 히포그리프가 말했다.

"말해 주지 않는다면 거인들과 아랍 정령들이 돌아올 때까지 거기 매달려 있게 놔둘 거야. 그러면 당신한테 어떤 일이 닥치는지 알게 되겠지."

이 말을 듣고 마녀가 몹시 겁을 먹었고, 히포그리프가 긴 목을 자기에게 뻗어준다면 루트비어 만드는 비결을 귀에다 속삭이겠다고 잠시 뒤 말했다. 히포그리프가 목을 마녀에게 뻗었고, 마녀가 비결을 얘기했다.

히포그리프가 비결을 듣자 의자를 마녀 발밑에 놓았고, 마녀가 땅으로 내려왔으며, 오두막으로 있는 힘껏 뛰었다.

마녀가 마침 시기적절하게 오두막에 도착했는데, 마법사가 손님들과 이야기를 이어가기에 어려움을 겪고 있었기 때문이었다.

필라미나가 그만 가려고 일어서자, 마녀가 조금 더 있으라고 말했다.

"혼자 꾸려 가시는 걸 보니, 훌륭하셨던 아버지의 일을 잘 아시나 보네요?"

"아니에요." 필라미나가 말했다.

"다 잘 알지 못해요. 그저 최대한 잘해 보려고 한답니다."

"성주님은 마법 일을 잘 알고 있고 작게라도 직접 마법 일을 해온 한두 사람을 찾아보셔야 해요." 마녀가 말했다.

"그러면 그들이 필요로 하는 마법 일을 할 테고, 성주님은 걱정과 노고를 덜겠지요."

"그런 사람을 찾는다면 참 좋겠네요." 필라미나가 말했다.

그때 꼬마 도깨비에게 좋은 생각이 떠올랐다. 꼬마 도깨비가 어린 성주에게 몸을 기울이고 속삭였다.

"여기 이 둘은 어떨까요?"

"그게 좋겠어!" 필라미나가 말했고, 이 훌륭한 부부를 돌아보며 말을 이었다.

"혹시 성에서 저와 같이 살면서 일하시지 않겠어요?"

마법사와 마녀가 꼭 그렇게 하고 싶다고 했으며, 필라미나가 원한다면 오두막을 걸어 잠그고 따라가겠다고 말했다. 필라미나가 그러는 게 좋겠다고 생각했으므로, 오두막을 잠그고 넷이 성으로 향했다. 마녀가 마법의 기구를 이용하게 되면 곧바로 그녀와 마법사가 도망간 하인들이 어디에 있는지를 밝혀내겠다고 필라미나를 안심시켰다.

넷이 성문에 이르러 필라미나가 꼬마 도깨비의 등에서 열쇠를 꺼내자, 마녀가 눈을 동그랗게 떴다.

"저걸 알았다면 포상을 놓치지 않았을 텐데." 마녀가 생각했다.

모두 성안으로 들어갔고, 벽의 그늘에 누워 있던 잘못을 뉘우치는 히포그리프가 조용히 따라왔다.

마법사와 마녀가 흐릿한 지하실로 향했고, 마법의 기구를 기쁨에 들떠서 살펴봤다. 이내 마법사가 서둘러 나오더니 필라미나를 불렀다.

"여기 마법 호출기가 있어요." 마법사가 필라미나를 흐릿한 지하실로 데리고 가며 말했다.

"이 호출기로 하인들을 부를 수 있지요. 이 건반의 다양한 색의 키들을 보세요. 어떤 키는 요정들, 어떤 키는 거인들, 어떤 키는 마신들이고, 각 하인에 해당하는 키가 있어요. 키를 쳐보면 어떻게 되는지 알게 됩니다."

필라미나가 신기한 건반 앞에 앉아 건반을 따라 키를 쳤다. 그러자 땅과 하늘의 모든 방향으로부터 거인들과 요정들과 아랍 정령들과 마신들과 난쟁이들과 도깨비들과 그 밖의 하인들이 왔다. 하인들은 오고 싶지 않았지만, 그들을 부르는 마법의 키가 울리게 되면 즉각 호출에 따라야 했다.

하인들이 안마당에 모였고, 필라미나가 문가에 서서 하인들을 둘러봤다.

"너희는 부끄럽지도 않니?" 필라미나가 말했다.

하인들이 대답 없이 고개를 숙일 뿐이었다. 아주 어색한 친구들인 몇몇 거인들은 얼굴을 약간 붉혔고, 유령조차도 마음이 불편해 보였다.

"루트비어는 걱정하지 않아도 좋아." 필라미나가 말했다. "다 버릴 작정이고, 전에도 걱정할 필요는 없었어. 누가 아프기라도 했다면 루트비어 맛보는 걸 그만뒀을 거야. 여기 마음씨 착한 꼬마 도깨비를 빼고 다 나를 저버려서, 나는 이 꼬마 도깨비를 집안 관리자로 임명했어. 그러니 다들 이 꼬마 도깨비에게 복종해야 해. 알아들었니?"

하인들이 고개를 숙였고, 필라미나는 하인들이 반성하게 자리를 떠났다.

"다음에 하인들이 또 도망가면, 도망가기도 전에 호출할 수 있습니다." 충직한 꼬마 도깨비가 말했다.

하루 이틀 후, 잃어버린 루비를 찾아오라고, 헤어진 연인을 수소문하라고, 장군이 전투에서 지는 이유를 밝혀보라고, 말 편자를 금으로 어떻게 바꾸는지 해보고 알아 오라고 필라미나가 보냈던 심부름꾼들이 돌아와 보고했다. 이 심부름꾼들은 마법 호출기로 호출되지 않았는데, 그들의 특별한 임무가 마법적 방식에 따라 호출을 끊었기 때문이었다.

루비를 찾아보러 간 도깨비들이 온 사방을 찾아봤지만, 두 쿼트 분량의 큰 버찌만 한 루비는 찾지 못했다고 보고했다. 도깨비들은 상인이 뭔가 착각을 했으며, 큰 버찌가 아니라 포도만 한 크기일지 모르겠다고 말했다. 말 편자로 금을 만들려고 한 난쟁이들은 방법이란 방법을 다 써 봤지만, 도저히 되지 않았다고 말했다. 장군이 왜 늘 패전만 하는지 알아보러 간 마신은 장군의 군대가 이웃 나라의 군대보다 훨씬 규모가 작고 약해서 장군에게 유리한 전투가 불가능했다고 말했다. 이어서 헤어진 연인을 찾으러 간 요정들은 아름다운 처녀가 얘기한 남자는 정말 드물었으며, 설령 그런 남자가 있어도 이미 결혼해서 가정을 꾸리고 있었다고 말했다.

필라미나가 마법사와 마녀와 같이 하인들의 보고를 들었고, 의뢰인들이 오면 해줄 대답을 정했다.

이튿날 어느 군주의 아들이 성 앞의 정원으로 말을 타고 왔다. 군주의 아들은 주위의 기이한 형체들을 보고 놀랐지만, 그는 용감한 소년이었으므로 성문에 이르기까지 흐트러짐 없이 나아갔고, 성문에서 말에서 내려 성안으로 들어갔다. 군주의 아들은 위대한 마법사가 돌아가셨다는 말을 듣고 낙담했는데, 마법사에게 중요한 문제를 상담하러 왔기 때문이었다.

군주의 아들이 필라미나를 만나 자기의 사연을 얘기했다. 소년은 어느 군주의 아들이었으며, 양친이 돌아가시고 세월이 어느덧 흘렀다. 공국公國의 많은 사람이 후계자인 소년에게 군주의 자리에 오르라고 간청했는데, 정식 통치자가 없이 지낸 지 오래되었기 때문이었다. 반면에 또 다른 한편의 많은 사람은 군주의 아들이 다 클 때까지 공부를 계속하는 게 더 현명하다고 생각했으며, 그때가 되면 통치자의 지위에 올라 소임을 잘 수행하게 될 것이었다. 군주의 아들은 의견이 갈린 양쪽 사람들의 대표 인사들로부터 얘기를 많이 들었지만, 어떤 선택을 해야 할지를 정하지 못했고, 마법사의 의견을 들으러 성으로 온 것이다.

"공국은 지금 잘 다스려지고 있나요?" 잠시 생각에 잠긴 후에 필라미나가 물었다.

"그래요." 군주의 아들이 말했다.

"아버님이 임명한 인물들이 있어서, 다 잘 관리하고 있지요. 일부 사람들이 불만을 느끼는 건 단지 명목상의 문제에요. 주위의 공국들이 정식 군주가 있으니까, 우리 공국도 있어야 한다고 생각하는 거랍니다."

"나라면 어떻게 할지를 말씀드리죠." 필라미나가 말했다.

"나라면 다 클 때까지 계속 학교에 가서 이것저것 공부하고, 군주가 알아야 할 걸 배우겠어요. 그러면 후계자님은 자기의 방식으로 공국을 운영할 수 있겠지요. 내 처지를 보세요! 나는 이 거대한 성을 소유하고 있고, 희한한 하인들을 부리고 있고, 궁금증을 풀기 위해 찾아오는 사람들을 맞고 있지만, 정작 혼자 할 수 있는 게 거의 없어서 마법사와 마녀를 데리고 와야 했고, 내가 해야 할 일을 그들에게 맡겨야 하지요. 내가 후계자님이라면 나 같은 난처한 상황은 만들지 않을 거예요."

"세상에서 가장 나이 많은 마법사를 만났다고 해도 이보다 좋은 도움말은 듣지 못했을 겁니다." 군주의 아들이 말했다.

"말씀하신 대로 하겠습니다."

필라미나가 그녀의 어린 손님에게 성 주위를 돌며 여러 신비한 걸 보여줬다. 의뢰한 일이 어떻게 됐는지 알려고 사람들이 이튿날 온다는 얘기를 군주의 아들이 듣게 됐고, 군주의 아들은 하룻밤 더 머물며 상황이 어떻게 되는지 보기로 했다. 필라미나의 이야기를 듣고 군주의 아들은 여러 가지 일에 큰 흥미를 느꼈다.

마법의 도움과 조언을 얻고자 했던 의뢰인들이 약속 시간에 흐릿한 지하실로 모였다. 필라미나가 테이블 앞에 앉았고, 군주의 아들이 그녀 오른쪽에 그리고 마법사와 마녀가 그녀 왼쪽에 앉았다. 의뢰인들이 테이블 반대쪽에 앉았고, 거인들, 아랍 정령들, 그 밖의 신기한 하인들이 방 둘레를 따라 서 있었다.

"의뢰의 일부는 내가 직접 해결했습니다." 필라미나가 말했다.

"다른 일들은 여기 있는 현명한 마법사와 마녀에게 맡겼습니다. 두 분이 그들의 환자를 먼저 살펴보겠습니다."

군주의 아들은 필라미나가 환자라는 말 대신 "의뢰인"이나 "고객"이라고 말했어야 한다고 생각했지만, 소년은 예의

가 발랐으므로 아무 말도 하지 않았다.

마법사가 루비를 잃어버린 상인 문제를 다뤘다.

"두 쿼트 분량의 루비를 잃어버렸는지 어떻게 알게 되었나요?" 마법사가 물었다.

"저는 확신합니다." 상인이 말했다.

"두 쿼트 크기의 병으로 쟀으니까요."

"그 병을 다른 데 쓴 적이 있나요?" 마법사가 물었다.

"있습니다." 상인이 말했다.

"그 병으로 육 쿼트의 사파이어를 쟀습니다."

"사파이어를 잰 후 어디에 뒀습니까?"

"팔 쿼트 항아리에 부어 넣었습니다." 상인이 말했다.

"사파이어가 항아리에 가득 찼나요?"

"그렇습니다. 사파이어가 넘칠 거 같아서 항아리 위에 천을 덮어 묶어놔야겠다고 생각했던 게 기억나는군요."

"그렇다면," 마법사가 말했다.

"육 쿼트의 사파이어가 팔 쿼트 항아리를 가득 채울 리 없으니, 당신의 루비는 항아리 바닥에 있을 겁니다. 사파이어를 재기 위해 자기도 모르게 병에 있던 루비를 항아리에 쏟아 넣은 것이지요."

"그렇군요." 상인이 말했다.

마법사의 딸과 군주의 아들

"집에 가 확인해 보겠습니다."

상인이 집으로 갔고, 육 쿼트의 사파이어 밑에 있는 루비를 발견했다.

"장군의 의뢰는 아주 간단합니다." 마법사가 항상 패전만 하는 장군에게 말했다.

"장군의 군대가 너무 약합니다. 장군에게는 열두 명의 거인이 필요하고, 여기 계신 훌륭한 어린 성주께서 기꺼이 빌려주겠다고 말씀하셨습니다. 몽둥이와 커다란 칼과 긴 창으로 무장한 열두 거인이 해자垓字와 성벽을 넘어 적을 무찌르면, 장군의 군대는 무적이 될 겁니다."

"그래요. 그건 사실입니다." 장군이 곤란한 표정을 지으며 말했다.

"하지만 열두 거인을 돌보는 데 드는 비용이 얼마나 어마어마할지! 기존의 군대를 유지하는 거보다 더한 비용이 들겠지요. 나의 왕은 가난해요. 왕에게 열두 거인은 감당이 안 됩니다."

"그렇다면 전쟁은 왕이 누릴 만한 사치가 아닙니다." 마법사가 말했다.

"왕이 제대로 된 전쟁을 치를 방법이 없다면 전쟁을 포기해야 하고, 왕과 장군은 군대를 다른 데 써야 합니다. 군사들이 이익이 되는 일을 하게 하세요. 그러면 왕국이 가난해지지 않을 겁니다."

장군은 마법사의 말을 매우 좋은 조언으로 받아들였고, 돌아가 왕에게 얘기하니, 왕도 장군의 생각에 동의했다. 그의 왕국은 두 바다 사이에 놓여 있었고, 군사들은 왕국을 가로질러 두 바다를 잇는 운하를 만드는 일에 뛰어들었다.

이웃 왕국 소유의 배들이 운하를 건너는 허가를 얻었고, 많은 사용료를 냈다. 이렇게 왕국은 매우 번영하게 되었고, 매번 전쟁했다가 패하는 일을 반복하느니 이러한 번영이 훨씬 낫다는 데에 모두의 의견이 일치했다.

마법사가 말 편자를 금으로 만드는 법을 알고 싶어 하는 젊은이에게 말했다.

"내가 보기에 자네 생각을 포기하는 게 좋겠네." 마법사가 말했다.

"여기 최고의 대장장이들도 그 일은 실패했고, 나 역시 오랜 세월 낡은 쇳덩이를 금으로 만들려고 해봤지만, 절대로 불가능했지. 정말이지 마법사에게 되지 않는 일 중의 하나일세. 자네는 금이 절실히 필요할 만큼 가난한가?"

"아닙니다." 젊은이가 말했다.

"난 전혀 가난하지 않아요. 하지만 아무 때나 금을 만들 수 있으면 좋겠습니다."

"자네가 참으로 대장장이 일을 하고 싶다면, 그나마 최선은 금으로 말 편자를 만드는 걸세" 마법사가 말했다.

"그편이 말편자를 금으로 만들기보다 훨씬 쉽고, 속을 썩을 일도 없지."

젊은이가 물러났다. 그는 아무 말이 없었지만, 얼굴에는 실망한 기색이 역력했다.

이렇게 마법사가 마무리했고, 필라미나가 나섰다. 필라미나는 우선 이웃 왕국을 차지하고 싶어 하는 탐욕스러운 왕을 불렀다.

"여기 이 병에 노인과 아기에게 아주 안 좋은 질병이 들어 있어요." 필라미나가 말했다.

"왕과 왕이 원하는 왕국 사이의 걸림돌이 되는 늙은 왕과 어린 후계자가 아팠으면 좋겠다는 생각이 들면, 이 병에 든 탕약을 쭉 들이켜세요."

탐욕스러운 왕이 병을 낚아챘고, 집에 돌아오자마자 병에 있는 탕약을 쭉 들이켰다. 왕은 류머티즘과 배앓이를 매우 심하게 앓았고, 이후 남을 아프게 했으면 좋겠다는 생각은 일절 하지 않았다.

"아가씨의 의뢰를 보자면," 사랑하는 사람을 잃은 아름다운 처녀에게 필라미나가 말했다.

"나의 요정들이 아가씨가 언급하신 용모에 결혼하지도 않고 가정을 꾸리지도 않은 남자를 찾지는 못했습니다. 따라서 아가씨가 말한 연인은 다른 여자와 결혼한 게 틀림없습니다. 그 남자와 함께할 수 없다면, 여기 있는 말 편자를 금으로 만들고 싶어 하는 젊은이와 결혼하시는 게 가장 좋을 거 같습니다. 물론 두 분이 원래 원하시던 바가 아니지만, 아무 수확도 없이 돌아가느니 그편이 나을 듯합니다."

아름다운 처녀와 젊은이는 따로 이 문제에 관해 서로 얘기를 나눴고, 곧 필라미나의 생각에 동의했으며 아주 행복하게 떠났다.

"정말 유감이네요." 필라미나가 맛있는 루트비어 만드는 법을 알고 싶어 하는 늙은 여자에게 말했는데, 늙은 여자는 그녀를 데려오기 위해 보낸 가마 의자 위에 앉아 있었다.

"맛있는 루트비어를 만들기 위해 최선을 다해 봤지만, 우리가 만든 음료는 아주 형편없었답니다. 여기 있는 박식한 마녀에게 물어봤는데, 그녀는 이제 그 비결을 갖고 있지 않다고 하는군요. 만드는 법을 말해주는 자에게 포상을 주겠다고 했지만, 아무도 해보겠다는 이가 없었습니다."

이때 잘못을 뉘우치는 히포그리프가 어두운 구석에 앉아 있다가 앞으로 나와 말했다.

"제가 맛있는 루트비어를 만드는 데 꼭 필요한 게 뭔지 압니다."

"그게 뭐지?" 필라미나가 물었다.

"나무뿌리지요." 히포그리프가 말했다.

"바로 그거야." 마녀가 말했다.

"온갖 약제와 이상한 탕약 대신 나무뿌리를 사용하면, 정말 맛있는 루트비어를 만들 수 있어."

늙은 여자의 얼굴에 아주 기쁜 표정이 떠올랐고, 늙은 여자는 이 귀중한 비결을 알게 되어 필라미나에게 거듭거듭 고마워했다.

두 거인이 늙은 여자를 가마 의자에 태워 집에 데려다줬고, 그녀는 나무뿌리로 루트비어를 만들었다. 그녀의 루트비어는 곧바로 매우 유명해져서 아들들과 딸들에게 큰 보탬이 됐고, 손자들을 훌륭하게 가르칠 수 있었다.

모든 게 마무리됐고, 잘못을 뉘우치는 히포그리프가 포상을 받고 나자, 필라미나가 군주의 아들에게 말했다.

"이제 다 끝났고, 각자의 일을 잘 해결했어요."

"아니요. 난 그렇게 생각하지 않아요." 군주의 아들이 말했다.

"정작 성주를 위해서는 아무것도 된 게 없어요. 이 이상한 하인들과 여기 있으면 안 돼요. 성주는 이 희한한 하인들에 익숙할지 모르지만, 내가 보기엔 좀 안 좋아요. 성주가 내게 좋은 도움말을 해 주었으니, 나도 어쩌면 성주 마음에 들지 모를 도움말을 하지요. 내 생각에는, 여기 매우 정직해 보이는 마법사와 마녀가 여기 머물며 일을 보게 하는 거예요. 그러면 성주는 이곳을 떠나 학교에 가고, 오래된 마법의 성에 살지 않는 평범한 여자애들이 아는 걸 배울 수 있어요. 세월이 흘러 성주와 내가 다 커서 결혼하고, 나의 공국을 같이 다스릴 수 있겠지요. 내 생각이 어떤가요?"

"내 생각에 근사할 거 같아요. 꼭 그렇게 하는 게 좋겠어요." 필라미나가 말했다.

필라미나는 꼭 그렇게 했다. 이튿날 아침 필라미나의 하얀 말이 성의 마구간에서 이끌려 나왔고, 거인들과 난쟁이들과 도깨비들과 요정들과 아랍 정령들과 마신들과 유령들과 마녀와 마법사와 잘못을 뉘우치는 히포그리프와 충직한 꼬마 도깨비의 열렬한 환호와 작별 인사를 받으며, 필라미나와 군주의 아들은 학교를 향해 나란히 말을 달렸다.

그리핀과 수도사

 머나먼 나라의 한 조용한 마을에 있는 오래되고 오래된 교회의 웅장한 문에 커다란 그리핀* 형상이 돌에 새겨져 있었다. 그 석상은 먼 옛날의 어느 조각가가 아주 세심하게 작업한 작품이었으나, 보기에 그다지 좋은 모습은 아니었다. 그 그리핀은 커다란 머리에 입을 쩍 벌리고 있었으며 흉악한 이를 드러내고 있었다. 그리핀의 등 뒤로는 날카로운 비늘과 갈퀴가 있는 힘찬 날개가 솟아 있었다. 앞에는

* 그리핀(griffin): 사자의 몸체에 독수리의 머리와 날개가 있는 상상의 동물

발톱이 튀어나온 늠름한 다리가 있고, 뒤로는 다리가 없이 길고 강인한 꼬리가 이어졌으며, 꼬리 끝은 뾰족한 가시 모양이었다. 꼬리는 둘둘 말려 있었고, 그 끝은 날개 뒤에서 위로 치솟아 있었다.

그 조각가 또는 이 석상을 주문한 사람들은 분명 이를 보고 매우 만족한 것으로 짐작되는데, 이 그리핀을 본뜬 조그만 석상들이 교회 벽을 따라 땅에서 적당한 높이에 여기저기 늘어서 있어서, 사람들이 이 기이한 석상들을 편하게 보고 차분히 감상할 수 있기 때문이다. 교회 바깥으로는 성자, 순교자의 모습과, 기이한 사람의 머리 형상, 짐승들, 새들, 아무도 정확히 아는 이가 없는 이름 모를 괴물들과 같은 많은 조각상이 있었다. 하지만 교회 문에 새겨진 이 거대한 그리핀과 벽에 새겨진 조그만 그리핀들만큼 흥미와 호기심을 불러일으키지는 못했다.

마을에서 아주 멀리멀리 떨어진 곳에 사람들에게 거의 알려지지 않은 무시무시한 황무지가 있었고, 이 황무지에는 교회 문에 조각된 석상의 모델이 됐었던 그리핀이 살았다. 그 옛날의 조각가가 무슨 수를 썼는지 그 그리핀을 목격했고, 이후에 최대한 기억을 되살려 그 모습을 돌에 조각한 것이다. 그리핀은 수백 년이 지나도록 이를 몰랐는데,

결국 새한테서 또는 어느 짐승한테서 또는 미지의 어느 경로를 통해서 멀리 떨어진 마을의 오래된 교회에 있는 자기 모습과 유사한 석상의 존재를 알게 됐다.

그리핀은 자기 모습이 어떤지 알지 못했다. 거울을 본 적도 없는 데다가, 근처의 강물은 흐름이 거칠고 맹렬해서 외모를 비춰볼 만한 잔잔한 데가 없었다. 게다가 확인된 바로 그 그리핀은 그리핀 무리 중에 마지막으로 살아남은 그리핀이어서 자기 외의 다른 그리핀을 본 적도 없었다. 따라서 그리핀이 석상 얘기를 듣게 되자 자신의 외모가 어떤지 무척이나 궁금해했으며, 오래된 교회로 가서 어떤지 보기로 마음먹었다. 그리핀은 무시무시한 황무지를 떠나 계속 날고 날아서 사람들이 사는 어느 마을에 왔는데, 하늘에 그리핀이 나타나자 사람들이 대경실색했다. 그리핀은 인적이 드문 곳에 내려왔고, 다시 꾸준히 날고 날아서 석상이 있는 교회가 위치한 마을 근처에 이르렀다. 그리핀은 늦은 저녁 시냇가 옆의 푸른 초원에 내려왔고, 쉬기 위해 풀 위에 누웠다. 그리핀의 거대한 날개는 녹초가 됐는데, 수십 년 동안 이런 장거리 여행을 한 적이 없었기 때문이었다.

그리핀이 온다는 얘기가 온 마을에 빠르게 퍼졌으며, 이 놀라운 손님의 방문 소식에 혼비백산한 마을 사람들이 자기 집으로 뛰어 들어가 문을 잠갔다. 그리핀이 누구든 앞으로 나오라고 큰소리로 외쳤지만, 그리핀이 외치면 외칠수록 사람들은 더욱더 그리핀 앞에 나타나기를 두려워했다. 이윽고 그리핀이 들판을 지나 집으로 서둘러 걸어가는 두 일꾼을 보았고, 그들에게 무서운 목소리로 서라고 명령했다. 두 일꾼이 감히 그리핀을 거역하지 못하고 벌벌 떨며 멈춰 섰다.

"너희는 왜 그 모양이냐?" 그리핀이 꾸짖었다.

"이 마을에는 나와 얘기를 나눌 만큼 용기 있는 자가 없단 말인가?"

"제 생각에는," 일꾼 중 하나가 더듬거렸는데, 목소리가 어찌나 떨리는지 간신히 알아들을 정도였다.

"아마도... 수도사라면... 올 겁니다."

"그렇다면 가서 수도사를 불러오너라!" 그리핀이 말했다.

"한번 만나봐야겠다."

오래된 교회의 말단 업무를 담당하는 수도사는 마침 오후 예배를 막 마친 참이었고, 주일 신도인 세 명의 늙은 여인들과 쪽문으로 나오고 있었다. 수도사는 마음씨 고운 젊은이였으며, 늘 마을 사람들을 위해 좋은 일을 하고 싶어 했다. 수도사는 주일 예배를 보는 교회 일과 외에도, 아픈 이들과 가난한 이들을 돌봤으며, 고난에 처한 이들에게 조언과 도움을 주었고, 아무도 상대하지 않으려 하는 마을의 말썽꾸러기 아이들만을 모아서 가르쳤다. 궂은일이 생길 때마다 마을 사람들은 수도사한테 몰려갔다. 따라서 누군가 그리핀에게 가서 얘기를 해야 한다는 걸 알게 됐을 때, 그 일꾼은 젊은 수도사를 떠올리게 된 것이다.

수도사는 이 기이한 사건에 대해 알지 못했는데, 이 소식은 그와 세 명의 노파를 빼고 온 동네에 퍼져 있었다. 사실을 알게 되고, 그리핀이 그를 봤으면 한다는 얘기를 듣자, 수도사는 놀랐고 두려움을 느꼈다.

"나를!" 수도사가 외쳤다.

"그리핀이 나를 알 리가 없을 텐데! 그리핀이 대체 내게 뭘 원하지요?"

"지금 당장 가야 합니다!" 두 일꾼이 외쳤다.

"그리핀을 너무 오래 기다리게 해서, 엄청 화가 나 있어요. 지금 빨리 가지 않으면, 무슨 일이 생길지 몰라요."

불쌍한 수도사는 화가 잔뜩 난 그리핀에게 가느니 차라리 자기의 손 하나를 잃는 게 나을 성싶었다. 하지만 그는 그리핀에게 가야 할 책임감을 느꼈는데, 그리핀의 부름에

응할 용기가 없어서 마을 사람들이 피해를 받는다면 너무 마음이 아플 거 같았기 때문이었다. 수도사는 창백하게 겁에 질려 길을 나섰다.

"옳거니," 젊은 수도사가 가까이 다가오자 그리핀이 말했다.

"그나마 내 앞에 나설 용감한 자가 있다니 기쁘구나."

수도사는 용기는커녕 두려움을 느꼈지만, 머리를 조아렸다.

"여기가 나의 형상이 새겨진 교회 문이 있는 마을이냐?" 그리핀이 물었다.

수도사는 앞에 서 있는 무서운 그리핀을 쳐다보고는, 그리핀이 교회의 석상과 같은 모습임을 확인했다.

"그렇습니다." 수도사가 말했다.

"그리핀님의 말이 맞습니다."

"그래, 그렇다면 나를 거기로 데려다주지 않겠느냐?" 그리핀이 말했다.

"그 돌 조각을 꼭 보고 싶구나."

마을 주민들이 무슨 목적으로 그리핀이 오는지도 모르는데 그리핀이 마을에 들어서는 모습을 보게 된다면 엄청나게 놀랄 거라는 생각이 곧바로 수도사에게 떠올랐다. 수도사는 주민들이 마음의 준비를 할 시간을 벌기로 했다.

"지금 날이 저물고 있어서, 교회 문의 석상이 잘 보이지 않을 거 같습니다." 수도사가 입을 열었는데, 그의 말이 그리핀을 노하게 할지 몰라 두려웠다.

"그리핀님의 석상을 제대로 보시려면 내일 아침까지 기다리시는 게 좋겠습니다."

"그게 좋겠다." 그리핀이 말했다.

"이제 보니 너는 사리 판단이 좋구나. 나는 조금 피곤하다. 부드러운 풀밭에서 잠시 눈을 붙이고, 옆에 흐르는 시냇물에 꼬리를 식혀야겠다. 화가 나거나 흥분하게 되면 꼬리 끝이 빨갛게 달아오르는데, 지금 상당히 열이 나고 있다. 너는 이제 가도 좋다. 꼭 내일 아침 일찍 와서 교회로 안내해라."

수도사가 안심하고 그리핀을 떠나 마을로 서둘러 걸었다. 수도사가 그리핀과 만나 무슨 얘기를 나눴는지를 들으려고 교회 앞에 모인 많은 사람이 수도사의 눈에 들어왔다. 그리핀이 마을을 파괴하기 위해서가 아니라 단지 교회의 석상을 보러 왔다는 사실을 알게 되자, 마을 사람들은 안도감과 감사함을 보이기는커녕 괴물을 마을로 끌어들이는 데 동의한 수도사를 비난하기 시작했다.

"내가 어떻게 해야 했나요?" 젊은 수도사가 외쳤다.

"내가 그리핀을 데려오지 않는다면, 그리핀이 제 발로 올 겁니다. 빨갛게 달아오른 꼬리로 마을에 불을 지를지도 모릅니다."

그러나 여전히 사람들은 불만이 가득했고, 그리핀을 저지할 여러 제안이 쏟아졌다. 몇몇 연장자들이 젊은 사람들이 나가 그리핀을 없애야 한다고 주장했다. 하지만 젊은이들은 이 어리석은 주장을 비웃었다. 이때 누군가 석상을 깨버리는 게 좋겠다고 말했는데, 그리핀이 마을로 올 이유를 아예 없애자는 얘기였다. 많은 사람이 이 제안을 옳다고 여겼고, 그리핀 석상을 부수기 위해 망치와 정과 지렛대를 가지러 뛰어다녔다. 수도사는 진심과 전력을 다해 이 생각에 반대했다. 석상을 부수면 그리핀이 어마어마하게 화를 낼 거라고 수도사가 사람들을 설득했는데, 석상이 밤사이 부서진 사실이 드러나게 마련이기 때문이었다.

그럼에도 사람들이 석상을 부수려고 단단히 마음을 먹고 있어서, 수도사는 교회에 머물며 석상을 지켜야 했다. 밤새도록 수도사는 교회 문 앞을 왔다갔다했고, 사다리를 가지고 와 석상에 올라서서 망치와 지렛대로 석상을 부수어 떨어뜨리려는 사람들을 쫓아냈다. 어느덧 시간이 흘러 사람들이 포기해야 했고, 잠을 자러 집으로 갔다. 수도사는 이른 아침까지 자리를 지켰고, 그리핀이 있는 들판으로 길을 서둘렀다.

그리핀이 막 잠에서 깨어 앞발로 일어서 몸을 흔들었고, 마을로 갈 채비가 됐다고 말했다. 수도사가 발길을 돌렸고, 그리핀이 수도사의 머리 위로 천천히 하늘을 날아 따라왔다. 거리에는 인적이 뚝 끊겨 있었고, 수도사와 그리핀이 교회 문 앞으로 곧장 향했으며, 수도사가 그리핀의 석상을 가리켜 보였다.

그리핀이 교회 앞의 작은 마당에 자리를 차지하고는 자기의 석상을 유심히 쳐다봤다. 그리핀은 오랫동안 석상을 응시했다. 한번은 머리를 한쪽으로 기울였고, 다시 머리를 다른 쪽으로 기울였다. 오른쪽 눈을 감고 왼쪽 눈으로 봤으며, 다시 왼쪽 눈을 감고 오른쪽 눈으로 봤다. 한쪽으로 조금 자리를 옮겨서 석상을 살펴봤으며, 다시 반대쪽으로 자리를 옮겼다. 한참이 지나 줄곧 옆에서 자리를 지키고 있던 수도사에게 그리핀이 말했다.

"정말이지 훌륭한 석상이다. 저 눈 사이의 여유, 저 넓은 이마, 저 늠름한 턱! 저 석상이 나와 비슷하다는 느낌이 든다. 굳이 결점을 찾자면 목이 좀 뻣뻣해 보이지만, 별거 아니야. 정말이지 대단한 석상이다. 훌륭해!"

그리핀이 오전과 오후 내내 앉아서 자기의 석상을 바라봤다. 수도사는 그리핀을 떠나기가 두려웠으며, 그리핀이 석상을 감상하는 거에 그만 만족하고 어서 가주기만을 하루 종일 기원했다. 저녁이 되자 불쌍한 젊은 수도사는 완전히 지쳤고, 뭔가를 먹고 잠을 자야 할 거 같았다. 수도사는 그리핀에게 이러한 자기의 형편을 솔직히 얘기했고, 그리핀에게 뭘 먹지 않겠는지 물었다. 수도사는 예의를 차린다고 물어봤지만, 그 말이 입 밖에 나오자마자 이 괴물이 대여섯 아기들이나 다른 희생양을 요구하지 않을까 하는 두려움에 사로잡혔다.

"아니, 됐다." 그리핀이 말했다.

"나는 춘분과 추분 사이에는 아무것도 먹지 않아. 춘분과 추분에는 마음껏 먹는데, 그러면 반년 동안 음식 없이 지내지. 나는 내 나름의 규칙을 확고히 지키는 편인 데다, 아무 때나 먹는 건 건강에 나쁘다고 믿는다. 배가 고프다면 가서 뭘 먹으려무나. 나는 어젯밤에 잔 부드러운 풀밭으로 가서 한숨 자겠다."

이튿날에도 그리핀이 교회 앞 작은 마당에 와서 날이 저물 때까지 문에 새겨진 돌 그리핀을 꼼짝 않고 바라봤다.

수도사가 그리핀을 보러 한두 번 왔는데, 그리핀은 수도사를 보자 무척 반가워하는 거 같았다. 젊은 수도사는 할 일이 많았기 때문에 전날처럼 오래 머물 수 없었다. 교회에는 누구 하나 얼씬거리지 않았고, 사람들이 수도사의 집으로 몰려가서는 도대체 그리핀이 언제까지 있을 건지를 수도사에게 걱정스럽게 물었다.

"나도 모릅니다." 수도사가 대답했다.

"아마도 머지않아 자기 석상을 충분히 감상하면 떠나겠지요."

그러나 그리핀은 떠나지 않았다. 매일 아침 그리핀은 교회로 갔으며, 얼마 후에는 온종일 머무르지 않았다. 그리핀은 수도사를 무척 좋아하게 된 것 같았으며, 수도사가 이런저런 일을 할 때마다 그를 쫓아다녔다. 그리핀이 교회의 쪽문에서 수도사를 기다리곤 했는데, 수도사가 매일 아침저녁으로 예배를 했기 때문이었으나, 교회에 오는 사람은 아무도 없었다.

"누구든 예배에 오게 되면, 내가 자리를 지켜야 해." 수도사가 혼잣말을 했다.

젊은 수도사가 교회를 나오면, 그리핀이 아픈 이들과 가난한 이들을 둘러보는 수도사를 따라왔으며, 수도사가 버릇없는 말썽꾸러기들을 가르치는 학교의 창문을 통해 교실 안을 가끔 바라보고는 했다. 다른 학교는 다 문을 닫았지만, 수도사가 가르치는 학교에 다니는 아이들의 부모들은 아이들을 억지로 학교에 보냈는데, 아이들이 하도 못되게 굴어서 그리핀이건 뭐건 간에 아이들을 하루 종일 집에서 감당하지 못했기 때문이었다. 하지만 커다란 괴물이 꼬리를 말고 앉아 교실 창문 밖에서 지켜보고 있을 때는 아이들이 아주 예의 바르게 행동했다.

그리핀이 도무지 떠날 기미를 보이지 않자, 떠날 수 있는 사람들은 모두 마을을 떴다. 교회의 사제들과 고위 성직자들은 그리핀이 온 첫날 달아났으며, 교회에는 수도사와 교회 문을 여닫고 청소하는 몇몇만 남았다. 여유가 있는 사람들은 집의 문을 걸어 잠그고 멀리 여행을 떠났으며, 노동자들과 가난한 이들만 뒤에 남았다. 며칠이 지나서 마을에 남은 사람들은 돌아다니며 일을 하기 시작했는데, 그러지 않으면 꼬박 굶어야 했기 때문이었다. 이들은 그리핀에 조금씩 익숙해졌고, 그리핀이 춘분과 추분 사이에 아무것도 먹지 않는다는 얘기를 들은 후로는 이전만큼 그리핀을 무서워하지 않게 되었다.

날이 갈수록 그리핀은 수도사를 더욱더 좋아하게 되었

다. 그리핀은 많은 시간을 수도사 곁에 머물렀으며, 수도사가 홀로 사는 작은 집 앞에서 밤을 보내곤 했다. 수도사는 그리핀과의 이 이상한 우정이 때로 부담스러웠지만, 다른 한편으로 많은 혜택과 교훈을 얻는다는 사실을 부정할 수 없었다. 그리핀은 수백 년을 살았고, 풍부한 식견이 있어서 수도사에게 많은 놀라운 일들을 얘기해 줬다.

"마치 오래된 책을 읽는 거 같아." 젊은 수도사가 생각했다.

"그리핀이 얘기해 준 땅과 하늘과 바다와 광물과 쇳덩이와 생물과 이 세상의 놀라운 사실을 알기 위해 얼마나 많은 책을 읽어야 할까!"

여름이 지나고 있었고, 어느덧 시간이 흘러 여름도 끄트머리에 가까워졌다. 마을 사람들은 다시 불안을 느꼈다.

"머지않아 추분이 될 거야." 사람들이 말했다.

"그러면 저 괴물이 먹을 걸 찾을 테고, 지난번 식사 후에 많은 활동을 했으니 무지 배가 고프겠지. 괴물이 아이들을 해칠 거야. 틀림없이 그럴 거야. 어떻게 해야 하지?"

아무도 이 질문에 대답하지 못했지만, 그리핀이 다가오는 추분까지 마을에 머물러서는 안 된다는 사실에는 모두 동의했다. 이 문제를 한참 논의한 후에, 그리핀이 수도사

곁에 없는 틈을 타서 사람들이 수도사에게 몰려갔다.

"이건 모두 당신 잘못이오." 사람들이 말했다.

"저 괴물이 우리 곁에 있게 된 거 말이오. 당신이 괴물을 마을에 끌어들였으니, 어떻게든 괴물이 떠나게 하시오. 괴물이 여기 계속 있는 것도 온전히 당신 탓이오. 괴물이 매일 자기 석상을 보러 가기는 하지만, 많은 시간을 당신과 보내고 있지 않소. 당신이 마을을 떠나면, 괴물도 마을에 머물지 않을 거요. 당신은 책임지고 반드시 마을을 나가시오. 그러면 괴물이 당신을 따라갈 테고, 그래야 우리를 위협하는 이 끔찍한 위험에서 벗어날 수 있소."

"나가라고요!" 수도사가 이러한 매정한 대접에 크게 마음이 상하여 외쳤다.

"어디로 가야 하지요? 내가 다른 마을로 간다면, 이 골치 아픈 문제를 다른 마을에 전가하는 게 되지 않습니까? 나한테 그럴 권리가 있나요?"

"그럴 권리는 없소." 사람들이 말했다.

"당신은 다른 어느 마을로도 가선 안 돼요. 저 멀리멀리 한참을 가다 보면 마을이 없는 곳이 있소. 당신은 그리핀이 사는 무시무시한 황무지로 가야 하오. 그러면 그리핀이 당신을 따라갈 테고 거기서 살겠지."

마을 사람들은 수도사가 그 황무지에서 살아야 할지 어떨지 말하지 않았고, 수도사도 그 문제에 관해 아무 질문도 하지 않았다. 수도사는 머리를 숙여 인사하고는 집에 들어가 생각해보기로 했다. 거듭해서 생각할수록 수도사가 떠나서 마을을 그리핀의 위협에서 구해야 한다는 게 분명해졌다.

 그날 저녁 수도사는 가죽 가방에 빵과 고기를 가득 채웠고, 이튿날 아침 일찍 무시무시한 황무지를 향해 길을 나섰다. 길고 지치고 울적한 여행이었는데, 인적이 없는 곳으로 들어서자 더욱더 그러했다. 하지만 수도사는 힘차게 계속 걸었고, 조금도 주저하지 않았다. 길은 생각보다 멀었고 식량이 떨어져서 매일 조금씩 먹으며 가야 했다. 수도사는 용기를 잃지 않고 뚜벅뚜벅 계속 나아갔고, 숱한 시간의 고달픈 여행 끝에 무시무시한 황무지에 이르렀다.

 그리핀이 수도사가 마을을 떠난 사실을 알게 되었는데, 침울해 보이기는 했지만 수도사를 찾아보려는 눈치는 보이지 않았다. 며칠 후 그리핀이 기분이 매우 상해서 마을 사람들에게 수도사가 어디로 갔는지 물었다. 마을 사람들은 그리핀이 젊은 수도사를 곧바로 따라가리라 예상해서 수도사가 꼭 무시무시한 황무지로 가주기를 갈망했지만, 이제 와서는 그리핀에게 수도사가 간 데를 밝히기가 두려웠는데, 괴물이 이미 화가 잔뜩 나 보이는 데다가 마을 사람들의 잔꾀를 알아챈다면 더욱 크게 진노할 게 뻔했기 때문이었다. 따라서 누구 하나 안다고 나서지 않았고, 그리핀은 우울하게 마을을 돌아다녔다.

어느 날 아침 그리핀이 수도사의 학교 건물을 들여다보았는데, 안이 텅 비어 있었다. 그리핀이 보기에, 젊은 수도사가 없다고 모든 게 엉망진창이 되다니 꼴불견이었다.

"교회는 어쩔 수 없지." 그리핀이 중얼거렸다.

"어차피 아무도 안 오니까. 하지만 학교는 좀 볼썽사나워. 수도사가 돌아올 때까지 내가 아이들을 가르쳐야겠어."

마침 학교 문을 열 시간이었고, 그리핀이 학교로 들어가 학교 종의 줄을 잡아당겼다. 종소리를 들은 몇몇 아이들이 무슨 일인가 알아보려고 뛰어 들어왔는데, 친구 중 누군가 장난을 쳤다고 생각했기 때문이었다. 아이들은 그리핀을 보자 놀라고 겁에 질려 그 자리에 멈춰 섰다.

"가서 다른 애들에게 전해라." 괴물이 말했다.

"학교가 곧 문을 열 예정이고, 10분 후 전부 집합하지 않으면 내가 찾아간다고 말이다."

7분 후 모든 학생이 제자리에 집합했다.

이토록 질서정연한 학생들은 일찍이 본 적이 없었다. 어느 소년도 소녀도 몸을 까딱하거나 한마디 속삭이거나 하지 않았다. 그리핀이 교사 자리에 앉아서 양쪽으로 큰 날개를 펼쳤는데, 날개가 뒤로 튀어나온 채로는 의자 등에 기대지 못해서였으며, 커다란 꼬리는 책상 앞에 말아 놓았고, 뾰족한 꼬리 끝은 누구든 버릇없는 애가 나타나면 가볍게 두드리기 위해 위로 솟아 있었다. 그리핀이 아이들 앞에서 입을 열었는데, 아이들의 선생님이 없는 동안 자기가 가르침을 베풀겠다고 말했다. 그리핀이 말하면서 최대한 수도사의 부드럽고 다정한 말투를 흉내 내보려 했지만, 그 시도가 썩 잘 되지는 않았다. 그리핀은 아이들의 학업에 세심한 관심을 기울여 왔으며, 새로운 걸 가르치기보다는 이미 배운 걸 복습하기로 했다. 그리핀은 여러 과목을 다뤘고, 학생들에게 전에 배운 내용을 질문했다. 아이들은 이전에 배운 걸 떠올리기 위해 머리를 쥐어짰다. 또한 그리핀이 기분 나빠하지 않을까 너무나 두려운 나머지 일찍이 보인 적이 없는 암기력을 발휘했다. 교실의 먼 구석에 앉은 한 소년이 대답을 기막히게 잘해서 그리핀을 놀라게 했다.

"너는 맨 앞자리로 와야 할 성싶구나." 그리핀이 말했다.

"네가 이렇게 암기를 잘하는 모습을 본 기억이 없다. 어떻게 된 일이냐?"

"제가 공부를 게을리했기 때문입니다." 장화 신은 발을 덜덜 떨며 소년이 말했다. 소년은 사실대로 말해야 할 거 같았는데, 아이들이 느끼기에 그리핀의 커다란 눈이 그들을 꿰뚫어 보고 있으며 거짓말을 한다면 그리핀이 바로 알아챌 거 같았기 때문이었다.

"너는 부끄러운 줄 알아야 한다." 그리핀이 말했다.

"교실 맨 끝으로 가거라. 네가 이틀 내에 맨 앞자리로 오지 못한다면, 그 이유가 뭔지 알아봐야겠다."

이튿날 오후가 되자, 이 소년은 반에서 수석을 차지했다.

아이들이 그동안 했던 공부의 엄청난 학업 성취는 놀라울 따름이었다. 마치 전 교육 과정을 다시 되풀이한 듯했다. 그리핀이 아이들을 혹독하게 가르치지 않았지만, 그리핀의 표정에는 아이들이 이튿날 배울 내용을 확실히 알기 전에는 잠자리에 들 수 없게 하는 뭔가가 있었다.

그리핀은 아픈 이들과 가난한 이들을 둘러봐야겠다고 생각했고, 이를 위해 마을을 돌아다녔다. 아픈 이들이 보인 반응은 기적에 가까웠다. 참으로 심하게 병든 이들을 제외한 모든 아픈 이들이 그리핀이 온다는 말을 듣자 침대에서 벌떡 일어나더니 자기는 이미 쾌차했다고 주장했다. 자리에서 일어날 수 없는 이들에게 그리핀은 약초와 풀뿌리를 주었는데, 이는 누구도 약이 된다는 생각을 한 적이 없었지만, 그리핀은 세상에서 약으로 두루 쓰이는 걸 봤으며, 대개의 병자가 병을 털고 일어났다. 이런 모든 혜택에도 불구하고, 아픈 이들은 무슨 일이 있더라도 맥박을 짚고 혀를 들여다보는 의사가 병상으로 오지 않았으면 좋겠다고 말했다.

가난한 이들을 얘기하자면, 완전히 자취를 감춘 듯했다. 매일 음식을 동냥에 의지하던 사람들이 이것저것 일을 하기 시작했다. 많은 이들이 단지 먹을 걸 대가로 이웃에게 이런저런 잡일을 해주겠다고 말하고 다녔는데, 전에는 이 마을에서 거의 보기 힘든 광경이었다. 그리핀은 자기의 도움이 필요한 사람을 도무지 찾을 수 없었다.

여름이 지나고, 추분이 빠르게 다가오고 있었다. 주민들은 커다란 걱정과 불안에 휩싸였다. 그리핀은 떠날 기미를 보이지 않았고, 오히려 아예 마을에 눌러앉을 모양새였다. 머지않아 반년마다 돌아오는 그리핀이 식사하는 날이 온다. 그날 무슨 일이 벌어질까? 괴물은 굉장히 배가 고플 테고, 아이들을 해칠지 모른다.

그제야 사람들은 수도사를 쫓아낸 걸 후회하고 괴로워했다. 수도사만이 이러한 곤경에서 그들이 기댈 수 있는 유일한 사람이었는데, 수도사는 그리핀과 자유로이 얘기할 수 있었고, 어떻게 해야 하는지도 알아낼지 모르기 때문이었다. 어쨌든 뭐든 해야만 했다. 무슨 조처든 시급히 이루어져야 했다. 주민들 모임이 소집됐고, 두 명의 노인이 그리핀에게 가서 얘기하기로 결정됐다. 두 노인이 추분에 그리핀의 허기를 채울 성대한 만찬을 대접한다고 말하기로 했다. 주민들은 그리핀에게 가장 살찐 양고기, 가장 부드러운 소고기, 생선, 가지가지 사냥으로 잡은 것들, 그리고 그리핀이 좋아할 온갖 음식을 갖다 바치기로 했다. 이 모두가 마음에 안 든다면, 이웃 마을에 보육원이 있다는 얘기도 하려고 했다.

"무슨 일이 있어도 우리 아이들이 험한 꼴을 당할 수는 없어." 주민들이 말했다.

두 노인이 그리핀에게 갔지만, 그리핀은 그 제안이 별로 탐탁지 않았다.

"이 마을의 인간들을 보아하니, 여기서 마련한 음식을 썩 즐기지는 못하겠다." 괴물이 말했다.

"이 마을 인간들은 다 겁쟁이로 보이고, 따라서 비열하고 이기적이야. 이들 중 젊었거나 늙었거나 조금도 내가 탐할 만한 인간이 없다. 그럴듯한 인간이 이 마을에 딱 하나 있었는데, 이 동네를 떠나버린 수도사야. 그는 용감하고 착하고 정직했지. 그 수도사라면 내가 탐했을 거다."

"아!" 노인 중 하나가 공손하게 말했다.

"그렇다면 그를 무시무시한 황무지로 쫓아 보내지 말 걸 그랬습니다!"

"뭐라고!" 그리핀이 고함쳤다.

"그게 무슨 소리냐? 무슨 말인지 즉각 설명하여라!"

자기가 한 말에 기겁한 노인은 그리핀이 수도사의 뒤를 따라가리라 지레짐작해서 수도사를 마을에서 내보낸 경위를 얘기해야 했다.

사실을 알게 되자 괴물은 화가 머리끝까지 치밀었다. 그리핀이 날개를 펼쳐서 두 노인 위로 솟구치더니 마을 위를 이리저리 날아다녔다. 그리핀은 굉장히 흥분해서 꼬리가 빨갛게 달아올랐으며, 저녁 하늘에 마치 유성처럼 빛을 발했다. 그리핀이 늘 쉬던 작은 들판에 내려앉더니 꼬리를 시냇물에 담갔는데, 증기가 구름처럼 피어올랐고 뜨거워진 시냇물이 마을을 거쳐 흘렀다. 마을 주민들은 공포에 질렸고, 수도사 얘기를 한 노인을 거세게 비난했다.

"틀림없이 그리핀은 수도사를 찾아 떠나고, 우리는 이 위험에서 벗어났을 거요. 도대체 무슨 재앙을 초래한 거요?"

그리핀은 들판에 오래 머물지 않았다. 꼬리가 식자마자 마을 회관으로 날아가서 종을 쳤다. 주민들은 그리핀이 그들을 소환하고 있음을 알아차렸고, 그리핀에게 가기가 무서웠지만 안 가는 것은 더 무서웠으므로 마을 회관으로 꾸역꾸역 모여들었다. 그리핀이 단상에 서서 날개를 퍼덕이며 이리저리 왔다갔다했는데, 꼬리 끝은 아직도 뜨거워서 그리핀의 걸음에 따라 게시판을 그을렸다.

올 수 있는 모두가 자리하자, 그리핀이 꼿꼿이 서서 마을 사람들에게 연설했다.

"나는 너희가 얼마나 겁쟁이들인가를 알게 된 이후로 너희를 경멸해왔다." 그리핀이 입을 열었다.

"하지만 이토록 배은망덕하고 이기적이고 매정한지는 미처 알지 못했다. 너희 수도사는 밤낮으로 너희를 위해 일했고, 어떻게 하면 너희에게 행복과 이로움을 가져다줄지만을 고민했다. 한데 너희가 위험에 처했다고 생각되자마자, 물론 나는 너희가 나를 몹시 두려워한다는 걸 알고 있다만, 바로 수도사를 내쫓아버렸다. 그가 돌아올지 어디서 목숨을 잃지나 않을지 상관 않고, 그저 너희 살 궁리만 한 것이다. 나는 젊은 수도사를 좋아하게 됐고, 하루나 이틀 후 그를 찾아 나설 생각이었다. 그러나 지금은 마음이 바뀌었다. 나는 가서 수도사를 찾겠지만, 그를 이 마을로 다시 데려와 너희와 살게 하겠다. 나는 수도사가 그가 치른 노고와 희생에 대한 보답을 누리게 할 생각이다. 내가 온 첫날 비겁하게 도망친 교회 사제들에게 가서 전해라. 이 마을에 얼씬거렸다가는 목숨을 부지하지 못한다고 말이다. 수도사가 마을에 돌아왔을 때, 너희가 수도사에게 절하지 않고, 그를 최고 지도자로 추대하지 않고, 그의 평생 동안 그를 섬기고 경외하지 않는다면, 나의 무시무시한 복수를 기대하여라! 마을에 소중한 보물이 오로지 둘이 있으니, 하나는 수도사고 다른 하나는 교회 문에 있는 나의 석상이다. 수도사는 너희가 내쫓았고, 석상은 내가 손수 가져가겠다."

이 말을 끝으로 그리핀은 사람들을 해산시켰다. 이는 마침 시기적절했는데, 꼬리 끝이 너무 뜨거워서 건물에 불이 나려 했기 때문이었다.

이튿날 아침 그리핀이 교회로 가서 거대한 문에 고정된 자기의 석상을 떼어냈고, 힘찬 앞발로 석상을 거머쥐고는 하늘로 날아올랐다. 그리핀은 한동안 마을 위를 날더니,

성난 듯 꼬리를 흔들고는 무시무시한 황무지로 날아갔다. 그리핀이 황량한 땅에 이르고, 그리핀이 집이라 부르는 음침한 동굴 앞에 있는 바위 턱에 석상을 올려놓았다. 거기에 석상은 교회 문에 있던 때와 비슷한 자리를 차지했으며, 무거운 석상을 들고 먼 거리를 날아서 가쁘게 숨을 몰아쉬어야 했던 그리핀은 땅에 누워 만족스럽게 석상을 바라봤다. 그리핀이 어느 정도 쉬고 나서, 수도사를 찾으러 다녔고, 어느 바위 그늘에 누워있는 쇠약하고 굶주린 젊은 수도사를 발견했다. 그리핀이 수도사를 들어 올려 동굴로 옮겨놓고는, 멀리 떨어진 늪지대로 날아가 원기를 회복시키는 약초와 풀뿌리를 구했는데, 그 풀들을 그리핀 자신이 먹어본 적은 없었다. 약초를 먹고서 수도사는 기력을 회복했고, 몸을 일으켜 앉아 마을에서 생긴 일을 그리핀한테서 들었다.

"내가 너를 매우 좋아했고, 지금도 좋아하는 걸 아느냐?" 이야기를 마친 괴물이 말했다.

"그렇게 말씀해주시니 고맙습니다." 수도사가 평소처럼 예의 바르게 말했다.

"네가 사실을 제대로 파악한다면 정말로 고마워할지는 의문이지만, 그 문제는 더 거론하지 않겠다." 그리핀이 말했다.

"어딘가에 변화가 생긴다면 다른 것도 달라져야 한다. 나는 네가 당한 부당함 때문에 몹시 화가 났고, 네가 마땅히 누려야 할 보상과 명예를 누리게 하기로 마음먹었다. 누워서 편히 잠을 자라. 내가 다시 마을로 데려다주마."

이 말을 듣자, 젊은 수도사의 얼굴에 근심이 어렸다.

"내가 다시 마을로 돌아가지 않을까 하는 염려는 할 필요 없다." 그리핀이 말했다.

"나는 마을에 머물지 않을 것이다. 동굴 앞에 나의 훌륭한 석상이 있으니, 편할 때 앉아서 나의 고결하고 당당한 자태를 감상하면 되고, 그 겁쟁이에다 이기적인 인간들이 사는 동네는 이제 꼴도 보기 싫다."

수도사는 마음을 놓았고, 자리에 누워 잠이 들었다. 수도사가 깊이 잠들자, 그리핀이 그를 들어 올려 마을로 옮겨 놓았다. 그리핀은 동트기 전 마을에 도착했고, 자기가 쉬곤 했던 작은 들판의 풀밭 위에 젊은 수도사를 부드럽게 내려놓았으며, 누구의 눈에도 띄지 않고 뒤돌아 집으로 날아갔다.

아침에 수도사가 주민들 앞에 모습을 보이자, 그가 받은 진실하고 열광적인 환영은 참으로 굉장했다. 주민들이 추

방된 고위 사제가 살던 집으로 수도사를 데려갔고, 모두가 수도사의 건강과 안위를 위해 뭐든 하려고 했다. 수도사가 예배를 볼 때면 사람들이 교회로 몰려들었으며, 주일 집회에 참석하던 세 명의 늙은 여인은 항상 그녀들이 차지하던 가장 좋은 자리에 앉을 수 없었다. 말썽꾸러기들의 부모들은 자식들을 스스로 가르치기로 했는데, 전처럼 학교에서 애들을 가르쳐야 하는 수고를 수도사에게 끼치지 않기 위해서였다. 수도사는 오래된 교회의 최고 사제가 되었으며, 세상을 떠나기 전에 주교가 되었다.

무시무시한 황무지에서 수도사가 돌아온 첫해 동안, 마을 사람들은 그를 경외하고 존경해야 할 대상으로 우러러보았다. 또한, 마을 사람들은 가끔 하늘을 우러러보기도 했는데, 행여 그리핀이 돌아오지 않나 확인하기 위해서였다. 세월이 흐르고, 마을 사람들은 그리핀의 복수가 두려워서가 아니라 진심으로 수도사를 경외하고 존경하게 되었다.

마을 사람들이 그리핀을 두려워할 필요는 없었다. 추분이 됐지만, 괴물은 아무것도 먹지 않았다. 수도사가 없다면 그 무엇도 마땅하지 않았다. 그렇게 자기의 위대한 석상에 시선을 고정한 채로 누워서, 그리핀은 차츰 쇠약해졌고 마침내 죽었다. 마을의 몇몇 사람들에게 이 사실이 알려지지 않은 것은 다행이었다.

만약 그대가 그 오래된 마을에 들르게 된다면, 교회 벽에 있는 작은 그리핀들을 보게 되겠지만, 문에 있던 거대한 그리핀 석상은 그 자리에 없다.

숙녀일까 호랑이일까?

아주 오랜 옛날 반#야만적인 왕이 살았다. 왕의 생각은 멀리 떨어진 라틴 나라들의 발전된 사상에 의해 어느 정도 세련되게 다듬어지기는 했지만, 여전히 호방하고 현란하고 자유로웠는데, 이는 그의 반야만적인 성향과 잘 어울렸다. 왕은 황당무계한 상상력의 소유자였으며, 온갖 망상을 자기 마음대로 실현할 수 있는 누구도 거역할 수 없는 권력을 쥐고 있었다. 왕은 자의식이 아주 강했으며, 무슨 일이

든 마음먹으면 그대로 실행했다. 국내적, 정치적 체계의 구성원이 제대로 잘 행동하면, 왕은 온화하고 인자했다. 하지만 어딘가에 걸림돌이 있거나 일정한 궤도의 이탈이 있으면, 왕은 더욱 온화하고 인자해 보였는데, 비뚤어진 걸 바로 하고 튀어나온 걸 뭉개는 행위만큼 그를 기쁘게 하는 게 없었기 때문이었다.

왕의 야만주의를 반감시킨 다른 나라에서 빌려온 개념 중 하나로 공공 원형 경기장이 있었는데, 그 원형 경기장에서는 남자다우며 동시에 야만적인 용기를 보여줌으로써 국민들의 마음에 교양을 키우게 했다.

그러나 이 경기장에서도 황당하고 야만적인 망상이 만연했다. 왕의 원형 경기장이 지어진 이유는, 사람들에게 목숨을 잃게 된 검투사의 열정 어린 말을 들을 기회를 주기 위해서가 아니었고, 종교적 신념과 배고픈 맹수 사이의 뻔한 결말을 보여주기 위해서도 아니었으며, 사람들의 정신적인 향상을 위해서였다. 이 거대한 원형 경기장은 빙 둘러선 관람석과 비밀스러운 지하실과 보이지 않는 통로를 갖췄고, 시적 정의詩的 正義*의 매개체 역할을 했는데, 공정하고 결백한 확률의 법령에 의해 죄는 처벌받았고 미덕은 보상받았다.

* 시적 정의(poetic justice): 당연한 것으로 여겨지는 인과응보

누군가 왕이 관심을 가질 만큼 중대한 죄로 기소되면, 정해진 날에 기소된 자의 운명이 왕의 원형 경기장에서 결정된다는 내용의 공지가 국민들에게 통보됐다. 경기장은 그 이름에 걸맞았는데, 그 형태와 설계를 먼 나라에서 빌려오기는 했지만, 그 목적이 온전히 왕의 생각에서 나왔기 때문으로, 왕의 망상에 부합하는 거 외에는 왕이 충실히 따르는 전통이 없었으며, 그의 풍부한 야만적 이상주의를 온갖 습득된 사상과 행위에 접목했다.

군중이 관람석에 모이면, 신하들에 둘러싸인 왕이 경기장 한편의 높고 화려한 왕좌에 앉았고, 왕의 신호에 따라 그의 아래에 있는 문이 열리고 기소된 사람이 원형 극장으로 걸어 나왔다. 기소된 사람의 맞은편에는 사방이 막힌 구조물이 있었으며, 그 구조물에는 똑같이 생긴 두 개의 문이 나란히 있었다. 이 두 문에 가서 그중 하나의 문을 여는 것이 재판을 받는 사람의 의무이자 특권이었다. 그는 둘 중 원하는 문을 열 수 있었으나, 앞서 얘기한 공정하고 결백한 확률 이외에는 어떠한 암시나 영향도 받지 않았다. 그가 둘 중 하나의 문을 열면 굶주린 호랑이가 튀어나왔는데, 포획된 것 중에 가장 사납고 포악한 호랑이였으며 그의 죄에 대한 처벌로 그는 죽음을 맞았다. 기소된 자의 사건

이 이렇게 결정되면, 우울한 쇠 종이 울렸고, 경기장 외곽에 있는 고용된 장례 참석자들의 곡성이 들렸고, 무거운 마음에 고개를 숙인 사람들이 천천히 집으로 향했으며, 그리 젊고 좋은 사람이 또는 그리 나이 많고 존경받는 사람이 비극적인 결말을 맞이해야 했음에 마음 아파했다.

만약 기소된 자가 다른 쪽 문을 열면, 왕이 훌륭한 국민 중에서 선택한 그의 나이와 신분에 가장 어울리는 숙녀가 걸어 나왔고, 결백에 대한 보상으로 그녀와의 결혼이 곧바로 진행됐다. 그가 이미 아내와 자식이 있어도 그가 사랑하는 다른 사람이 있어도 소용이 없었다. 왕은 자기의 응징과 포상의 웅대한 구상에 지엽적인 문제가 끼어드는 걸 허용하지 않았다. 처벌과 마찬가지로 포상도 곧바로 원형 경기장에서 이루어졌다. 왕 아래 있는 또 다른 문이 열리고, 성직자와 그의 뒤를 이어 성가대원들이 등장했으며, 춤추는 소녀들이 금으로 된 뿔피리로 경쾌한 곡을 연주하면서 결혼 축가 리듬을 따라 걸어 나왔고, 이들이 나란히 선 신랑과 신부 앞으로 와서 결혼식이 곧바로 축복 속에 거행되었다. 그 후 유쾌한 놋쇠 종이 울리고, 사람들이 기쁨의 함성을 외쳤고, 결백이 증명된 사람 앞에서 아이들이 길에 꽃을 뿌리며 걸어갔으며, 그가 신부를 집으로 데려갔다.

이것이 왕이 정의를 집행하는 반야만적인 방식이었다. 이 방식의 완벽한 공정함은 매우 분명하다. 기소된 자는 어느 쪽 문으로 숙녀가 나올지 알 수 없었다. 그는 다음 순간 호랑이에게 목숨을 잃을지 결혼을 하게 될지 전혀 알지 못하는 채로, 어느 문이든 원하는 문을 열어야 했다. 어떨 때는 호랑이가 한쪽 문에서 나왔고, 또 어떨 때는 다른 쪽 문에서 나왔다. 이 재판의 결정은 공정하고 또한 분명히 확정적이었다. 기소된 사람은 유죄가 인정되면 바로 처벌받았고, 결백이 인정되면 그가 원하든 원하지 않든 그 자리에서 포상을 받았다. 왕의 원형 경기장에서 받은 판결을 거부할 방법은 없었다.

 이 제도는 아주 인기가 많았다. 이 굉장한 심판의 날이 되면 사람들이 모여들었으며, 피의 참극을 보게 될지 축복의 결혼식을 보게 될지 알 수 없었다. 이러한 불확실성은 다른 데서는 어디에도 없었고, 이에 따라 일반 대중이 이를 반겼으며, 사회의 일부 지식인들이 이 제도의 부당함을 제기할 수 없었는데, 기소된 사람이 본인의 운명을 스스로 결정한다고 믿었기 때문이었다.

 반야만적인 왕에게는 그의 몽상과 같이 화려하게 피어나는 딸이 있었는데, 그녀는 왕을 닮아 열정적이고 도도한 성격이었다. 누구나 그렇듯이, 왕은 딸을 금지옥엽으로 키웠고 누구보다 딸을 아꼈다. 통속적인 이야기 속에 자주 등장하는 공주를 사랑하는 주인공 중에서 흔히 볼 수 있는 고귀한 마음과 낮은 신분의 젊은이가 왕의 신하로 있었다. 공주가 이 젊은이를 매우 사랑했는데, 젊은이가 왕국의 그 누구도 넘보기 힘들 만큼 잘생기고 용감했기 때문이었다. 공주는 야만성이 내재한 지나칠 정도로 거세고 격렬한 열정으로 젊은이를 사랑했다. 몇 달 동안 이 둘의 사랑이 행복하게 이루어졌는데, 결국 어느 날 왕이 이를 알게 되었다. 왕은 궁궐에서의 의무를 다하는 데 있어 조금도 망설이거나 흔들리지 않았다. 젊은이가 즉시 감옥에 갇혔고, 왕의 원형 경기장에서 심판받을 날이 정해졌다. 당연하게도 이 재판은 특별히 중요했고, 왕을 비롯하여 누구나 재판이 어떻게 진전될지에 깊은 관심을 가졌다. 이런 재판은 일찍이 없었으며, 감히 신하가 왕의 따님을 사랑한 적도 없었다. 후세에 이런 일은 매우 흔해졌지만, 그 당시에는 너무나 생소하고 놀라운 일이었다.

 왕국의 모든 호랑이 우리를 뒤져서 가장 포악하고 무자비한 호랑이를 찾도록 했으며, 그중에서 원형 경기장에 놓일 가장 사나운 호랑이가 선택됐다. 또한 왕국의 젊고 아름다운 처녀들이 유능한 심사원들에 의해 선발되어서, 젊은이가 호랑이가 있는 문을 택하지 않을 운명이라면 그에게 어울리는 신부를 맞이하도록 했다. 물론 누구도 기소된 젊은이가 한 행동의 진위를 의심하지 않았다. 그는 공주를 사랑했고, 그도 공주도 둘 이외의 누구도 이를 부정하지 않았다. 그러나 왕은 이 같은 사실이 재판에 개입되는 걸 허용할 생각이 없었는데, 이러한 재판에 무척이나 만족했기 때문이었다. 결과가 어떻게 나오든 젊은이는 공주를 다시 볼 수 없었고, 왕은 일의 경과를 보며 미적 감상을 할 생각이었으며, 공주를 향한 젊은이의 사랑이 죄가 되는지 안 되는지 결정될 예정이었다.

정해진 재판 날이 되었다. 사람들이 가까이서 또는 멀리서 왔고, 원형 경기장의 웅대한 관람석으로 몰려들었으며, 입장을 못 하게 된 군중은 경기장 바깥벽에 운집했다. 똑같이 생긴 두 문이 바라보이는 자리에 왕과 신하들이 앉았는데, 그 운명적인 두 문의 똑같은 생김새는 아주 끔찍해 보였다.

준비가 끝나고, 왕의 신호가 떨어졌다. 왕 아래에 있는 문이 열리고, 공주의 연인이 원형 경기장으로 걸어 나왔다. 큰 키에 하얀 피부의 잘생긴 젊은이를 본 사람들로부터 감탄과 걱정이 섞인 낮은 탄성이 흘러나왔다. 군중의 반 정도는 이렇게 훌륭한 젊은이가 그들과 같이 살고 있었다는 사실을 알지 못했다. 공주가 그와 사랑에 빠진 게 하나도 이상하지 않았다. 이 같은 젊은이가 이러한 지경에 처하다니 이 얼마나 비통한가!

젊은이가 경기장으로 나와서 관례대로 왕에게 절을 하기 위해 돌아섰다. 하지만 젊은이가 염두에 둔 것은 왕이 아니었으며, 그의 시선은 왕의 오른쪽에 앉은 공주에게 향했다. 공주 성격의 반을 차지하는 야만적 성향이 아니었다면, 공주는 그 자리에 없었을 것이다. 그러나 그녀의 격렬하고 열정적인 성격으로는 그토록 마음이 끌리는 재판에 오지 않는 게 용납되지 않았다. 그녀의 연인이 왕의 원형 경기장에서 자기의 운명을 결정해야 한다는 왕의 칙령이 발포되고 나서, 공주는 밤낮으로 이 중대한 재판과 이러저러한 관련된 문제만을 생각했다. 일찍이 이러한 재판에 이해관계가 있었던 그 누구도 갖지 못했던 권력과 영향력과 인맥을 이용해서 그전에 아무도 하지 못했던 일을 공주가 해냈으니, 그녀가 두 문의 비밀을 알아낸 것이다. 공주는 두 개의 문 뒤에 있는 두 개의 방 중에 어디에 문이 열린 호랑이 우리가 있고 어디에 숙녀가 있는지를 밝혀냈다. 두꺼운 두 문은 안쪽에 짐승 가죽을 덧대어서, 두 문 중 하나의 빗장을 열기 위해 기소된 사람이 다가오더라도 그에게 어떠한 소리나 암시도 전해지지 않았다. 하지만 금덩이와 여자가 가진 의지의 힘을 이용해서, 공주는 문의 비밀을 알아냈다.

공주는 어느 쪽 문에서 수줍음과 눈부신 아름다움을 빛내는 숙녀가 문이 열리면 밖으로 나오게 될지 뿐만 아니라, 그녀의 정체도 알아냈다. 그녀는 궁궐에서 가장 아름답고 사랑스러운 처녀 중 하나였으며, 신분의 벽을 무시하고 존엄한 공주를 넘본 죄로 기소된 젊은이가 결백하다고 증명된다면 그와 결혼하게 될 배우자로 선택됐는데, 공주는 그녀를 매우 미워했다. 공주는 그 아름다운 숙녀가 젊은이에게 흠모의 눈길을 던지는 모습을 자주 보거나 보았다고 느꼈으며, 때로 젊은이가 그 눈길을 눈치챘고 심지어 돌아봤다고 생각했다. 가끔 그녀와 젊은이가 대화하는 모습을 공주가 보기도 했는데, 그래 봐야 잠깐이었지만 그 짧은 시간에도 충분한 의사 표현은 가능한 법이다. 둘이 나눈 대화가 별거 아니고 아주 사소했을지 모르지만, 공주가 이를 어찌 확신하겠는가? 숙녀는 사랑스러운 여자였으나, 감히 공주가 좋아하는 남자에게 눈길을 줬으므로, 공주는 그녀의 온전히 야만적이었던 멀고 먼 조상으로부터 전해져 오는 포악한 혈통의 격렬함으로 조용한 문 뒤에서 얼굴을 붉히며 떨고 있을 숙녀를 증오했다.

공주가 사랑하는 젊은이가 돌아서서 공주를 봤을 때 그녀와 눈이 마주쳤고, 공주는 걱정 가득한 표정을 한 군중의 그 누구보다 더 창백한 얼굴로 앉아 있었다. 젊은이는 어느 문 뒤에 호랑이가 있고 어느 문 뒤에 숙녀가 있는지를 공주가 알고 있음을 사랑하는 연인들만이 갖는 예민한 느낌으로 읽어냈다. 젊은이는 공주가 문의 비밀을 밝혀낼 것을 기대했다. 그는 공주의 성격을 잘 알았고, 어느 관람자도 모르는 심지어 왕조차도 모르는 문의 비밀을 알아낼 때까지 공주가 끊임없이 힘쓰리라 확신했다. 젊은이가 조금의 확실함이라도 바랄 수 있는 유일한 희망은 공주가 비밀을 알아내느냐에 달려 있었고, 공주를 보았을 때 젊은이는 믿었던 대로 공주가 비밀을 알아내는 데에 성공했음을 알았다.

그의 예민하고 절실한 눈빛이 공주에게 질문을 보냈다.

"어느 쪽인가요?"

공주에게는 젊은이가 자기가 서 있는 자리에서 소리쳐 묻기라도 한 듯 그가 보내는 질문이 분명하게 보였다. 조금도 지체할 시간은 없었다. 젊은이는 순간적으로 눈빛으로 물었으며, 그 물음의 답 역시 순간적으로 이루어져야 했다.

공주의 오른팔이 앞에 있는 쿠션으로 덮인 난간 위에 놓여 있었다. 공주가 손을 들어 오른쪽으로 빠르게 살짝 움직였다. 공주가 사랑하는 젊은이 외에 공주를 보는 사람은 아무도 없었다. 젊은이를 제외한 모두가 원형 경기장에 서 있는 젊은이를 보고 있었다.

젊은이가 돌아섰고, 빠르고 거침없이 빈 광장을 가로질렀다. 모두가 마음을 졸였고, 모두가 숨죽였으며, 모두의 시선이 젊은이에게 향했다. 한 치의 망설임도 없이 젊은이는 오른쪽 문으로 향했고, 그 문을 열었다.

이야기의 요지는 이렇다. 그 문에서 호랑이가 나왔을까, 아니면 숙녀가 나왔을까?

이 물음을 생각하면 할수록 대답은 더욱 어려워진다. 이 물음은 인간 본성의 탐구와 얽혀 있고, 인간이 가진 열정의 복잡한 미로迷路로 우리를 이끌지만, 미로의 출구는 도무지 보이지 않는다. 현명한 독자여, 그대는 이 물음에 대한 결정을 독자 자신이 아니라 열정적이고 반야만적인 공주가 내린다고 생각해 보라. 공주의 영혼은 절망과 질투가 섞인 뜨거운 감정으로 인해 하얗게 타고 있었다. 공주는 사랑하는 젊은이를 잃었고, 그를 가로채 가는 여자가 누구이던가?

　공주가 사랑하는 남자가 건너편에 잔인한 발톱을 가진 호랑이가 있는 문을 여는 모습이 떠오를 때마다, 꿈속에서건 깨어있을 때건 얼마나 자주 끔찍한 공포에 전율하고 손으로 얼굴을 가렸던가!

　그러나 또한 얼마나 더 자주 공주의 연인이 다른 쪽 문 앞에 서 있는 모습을 상상했던가! 숙녀가 있는 문을 열고 놀라며 기뻐하는 젊은이의 모습을 떠올렸을 때, 이 비통한 상상에 공주가 얼마나 이를 갈고 머리를 쥐어뜯었던가! 수줍은 얼굴을 하고 승리감에 눈이 빛나는 숙녀에게 공주의 연인이 달려가는 모습을 떠올렸을 때, 그가 되찾은 삶에 기뻐하며 숙녀를 이끄는 모습을 떠올렸을 때, 공주에게 군중의 기쁜 함성이 들리고 축복의 종소리가 울려올 때, 성직자와 그의 유쾌한 일행이 둘에게 다가가 바로 공주의 눈앞에서 부부의 연을 맺어주는 모습을 떠올렸을 때, 둘이 꽃길을 따라 걸어 나가고 환희에 찬 군중의 우렁찬 함성이 이어지며 그 함성에 절망감 가득한 공주의 울음소리가 잊히고 파묻히는 모습을 떠올렸을 때, 공주의 영혼이 얼마나

고뇌에 차 괴로워했던가!

공주의 연인이 그 자리에서 생을 마감하고, 반야만적인 저승의 축복된 땅에서 공주를 기다리는 게 낫지 않을까?

그러나 그 끔찍한 호랑이와 그의 비명과 그가 흘릴 피라니!

공주는 자기의 결정을 바로 알렸지만, 그 결정은 수많은 날의 괴로운 번민 끝에 이루어졌다. 공주는 자기의 연인이 물으리라 예상했고, 어떤 대답을 할지를 정했으며, 조금의 망설임도 없이 손을 오른쪽으로 움직였다.

공주가 어떤 결단을 했는지는 가볍게 생각할 수 없고, 내가 그 의문에 대답할 자격이 있다고는 생각되지 않는다. 따라서 다음과 같은 물음을 독자에게 제시한다. 그 열린 문으로 숙녀가 나왔을까, 호랑이가 나왔을까?

망설임 징벌자

"숙녀일까 호랑이일까?" 속편

 "숙녀일까 호랑이일까 사건"으로 알려진 반야만적인 왕의 원형 경기장에서의 일이 있고 거의 일 년이 다 된 즈음에, 먼 나라에서 다섯 명의 이방인 사절단이 왕의 궁궐을 찾아왔다. 이 존엄하고 당당한 풍채와 태도의 다섯 사절단을 궁전의 고위 관료가 맞았으며, 사절단은 이 고위 관료에게 그들이 온 용무를 얘기했다.

"고귀하신 관료시여," 사절단의 대표가 말했다.

"감히 왕의 따님을 사랑한 젊은이가 원형 경기장에 서서 사나운 호랑이가 덤벼들지 아니면 그의 신부가 될 아름다운 숙녀가 걸어 나올지 알 수 없는 두 문 중 하나를 열도록 명령받았던 그때, 마침 이 도시에 들른 우리나라 사람 중 하나가 운집한 군중 속에서 그 장면을 목격했습니다. 그는 극도로 예민한 사람이어서, 젊은이가 문을 열려는 순간에 매우 끔찍한 장면을 보게 될지 모른다는 두려움을 느꼈고, 너무나 겁먹은 나머지 허둥지둥 원형 경기장을 빠져나왔으며, 낙타를 타고 집을 향해 전속력으로 달렸습니다.

"우리는 그가 들려준 이 이야기에 굉장히 흥미를 느꼈고, 그가 좀 더 기다려서 재판의 결과를 끝까지 지켜보지 않은 게 너무나 아쉬웠습니다. 몇 주 내에 이 도시의 여행자가 우리나라에 와서 소식을 전해주리라 기대했지만, 우리가 고국을 떠나오던 날까지 고대한 여행자는 오지 않았습니다. 결국, 남은 방법으로는 이 나라로 사절단을 보내 다음과 같은 질문을 해야 한다고 결론을 내리게 됐습니다. '그 열린 문으로 숙녀가 나왔나요, 아니면 호랑이가 나왔나요?'"

고위 관료가 이 훌륭한 사절단의 임무를 들은 후, 다섯 이방인을 내실로 안내했고, 편안한 자리에 앉게 했으며, 커피와 담배와 셔벗*과 그 밖의 반야만적인 다과를 대접했다. 고위 관료가 사절단의 앞에 앉아 얘기했다.

"고귀하신 이방인들이여, 이토록 멀리까지 와서 물으시는 그 질문에 답하기 전에, 언급하신 재판이 있고 얼마 지나지 않아 생긴 일을 말씀드리겠습니다. 우리의 위대한 왕이 궁전에 아름다운 여인들을 두는 걸 좋아한다는 사실이 이 나라에 널리 알려져 있습니다. 왕비와 왕족들을 돌보는 여인들은 왕국의 전 영토에서 데려온 가장 사랑스러운 처녀들입니다. 다른 나라의 어느 왕궁에서도 볼 수 없는 이 여인들에 대한 평판은 먼 나라까지 널리 알려졌습니다. 우리 왕이 만들어낸 마찬가지로 먼 나라까지 널리 알려진 가혹한 재판 제도만 아니었다면, 많은 외국인이 우리 궁궐을 찾아왔으리라 생각합니다.

"얼마 전 훌륭한 외모와 고귀한 신분의 어느 왕자가 먼 나라에서 왔습니다. 이러한 인물에게는 당연히 왕과의 접견이 허락되었고, 우리의 왕은 인자하게도 왕자를 만나 찾아온 목적을 물었습니다. 왕자는 이 궁전에 있는 여인들이 뛰어나게 아름답다는 소문을 들었으며 그 여인 중 하나와

* 셔벗(sherbet): 과즙에 물, 우유, 설탕 따위를 섞어 얼린 얼음과자

의 결혼을 허락받기 위해 왔다고 왕에게 말했습니다.

"이토록 대담한 요청을 들었을 때, 왕은 얼굴을 붉혔고, 왕좌에서 불편한 듯 몸을 틀었으며, 왕의 떨리는 입에서 분노에 찬 비난의 말이 쏟아지지 않을까 하여 모두 불안을 느꼈습니다. 왕은 간신히 화를 억눌렀고, 잠시 침묵을 지키다 왕자에게 말했습니다.

'왕자의 요청을 허락하오. 내일 정오에 그대는 우리 궁전의 가장 아름다운 처녀 중 하나와 결혼할 거요.'

왕이 신하를 돌아보고 지시했습니다.

'내일 정오에 궁전에서 열릴 결혼식을 위해 만반의 준비를 하여라. 왕자를 적당한 방으로 모셔라. 재봉사와 구두 만드는 이와 모자 만드는 이와 보석 상인과 무기 제조업자와 그 밖에 왕자가 필요로 하는 기술자를 보내주어라. 왕자가 뭘 원하든 그대로 해주고, 내일 결혼식 채비를 잘하여라.'

"'하지만, 왕이시여,' 왕자가 말했습니다.

'이런 준비를 하기 전에, 저는—'

"'아무 말 마시오!' 왕이 소리쳤습니다.

'나의 명이 떨어졌으니, 더는 가타부타하지 마오. 왕자가 소원을 말했고, 나는 그 소원을 승낙했으니, 더는 아무 말

도 듣고 싶지 않소. 그럼 이만, 왕자여, 내일 정오에 다시 볼 거요.'

"왕이 일어나 접견실을 나갔고, 왕자는 그를 위해 마련된 방으로 서둘러 안내되었습니다. 이 방으로 재봉사와 모자 만드는 이와 보석 상인과 그 밖에 화려한 결혼식 복장을 만들 사람들이 왔습니다. 왕자는 매우 심란하고 당황스러웠습니다.

"'이리 서두는 이유가 무엇인지 이해를 못 하겠다.' 왕자가 하인들에게 말했습니다.

'내가 선택할 여인들을 언제 보는 거냐? 나는 그 여인들의 용모와 자태뿐 아니라, 그들의 지적인 교양 수준도 볼 기회가 있었으면 한다.'

"'저희는 아무 말씀도 드릴 수 없습니다.' 하인들이 대답했습니다.

'우리의 왕은 옳다고 믿으시는 대로 행동하실 겁니다. 그 이상은 저희가 알지 못합니다.'

"'왕의 생각은 좀 특이해 보여.' 왕자가 말했습니다.

'나와는 맞지 않는 거 같아.'

"그때 왕자가 미처 알아채지 못한 사이에 하인 하나가 왕자의 곁으로 와 섰습니다. 하인은 넓은 어깨에 쾌활한 용모를 가지고 있었고, 커다란 언월도의 넓은 칼등을 두꺼운 팔에 기댄 채 칼자루를 오른손에 쥐고 있었는데, 위로 향한 칼날은 아주 밝고 날카롭게 빛나고 있었습니다. 이 무시무시한 칼을 마치 잠든 아이를 어루만지듯 부드럽게 쥐고서, 하인이 왕자에게 다가와 절을 했습니다.

"'그대는 누구인가?' 무서운 칼을 보고 놀라 뒤로 물러서며 왕자가 물었습니다.

"'저는 망설임 징벌자입니다.' 하인이 정중하게 웃으며 말했습니다.

'우리의 왕께서 국민이든 외국의 방문객이든 몇몇 주제에서 기질이 맞지 않는 인물에게 바라는 바를 명확히 하신다고 판단되면, 제가 가까이서 모시며 일을 돌보게 됩니다. 왕의 뜻을 따르는 도중에 그 인물이 망설이게 되면, 그 인물이 저를 쳐다보고 어떻게 할지를 결정하게 됩니다.'

"왕자가 하인을 쳐다보았고, 웃옷의 치수를 재기로 결정했습니다.

"재봉사와 구두 만드는 이와 모자 만드는 이들이 밤새워 일했고, 이튿날 아침 준비를 마쳤는데, 정오가 가까워질 무렵 왕자가 다시 하인들에게 언제 숙녀들을 만나게 되는지 물었습니다.

"'왕께서 알아서 하실 것입니다.' 하인들이 말했습니다. '저희는 아는 게 없습니다.'

"'왕자님께서는 앞으로 이 칼날의 탁월함을 보시게 될지 모릅니다.' 망설임 징벌자가 다가와 공손히 절하며 말했습니다.

망설임 징벌자가 머리에서 머리카락을 하나 뽑더니 위를 향한 언월도의 칼날 위로 떨어뜨렸는데, 머리카락이 칼날에 닿자마자 두 동강이 났습니다.

"왕자가 이를 보고 황급히 뒤돌아섰습니다.

"이때 신하들이 와서 왕자를 궁전의 장중한 연회장으로 데려갔으며, 그곳에서 결혼식이 진행될 예정이었습니다. 왕자는 연회장에서 왕좌에 앉아 있는 왕을 접견했는데, 왕의 주위로 귀족과 신하와 무관들이 화려하게 늘어서 있었습니다. 왕자가 왕 앞으로 안내되었고, 왕에게 정중히 절을 하고서 말했습니다.

"'왕이시여, 우선, 제가―'

"이때 하인 하나가 부드러운 비단으로 된 긴 스카프를 가지고 왕자에게 다가왔고, 왕자의 입을 재빨리 능숙하게 감아서 왕자는 말을 그쳐야 했습니다. 하인이 스카프로 얼굴 전체를 솜씨 있게 감았고, 왕자는 앞이 전혀 보이지 않게 됐습니다. 하인이 스카프의 입과 귀 부분에 구멍을 내서 왕자가 숨 쉬고 들을 수 있게 했으며, 스카프의 끝을 견고하게 매듭짓고 물러났습니다.

"왕자가 충동적으로 비단 가리개를 얼굴에서 떼어내려 했으나, 왕자가 손을 들어 올리자 옆에서 망설임 징벌자가 부드럽게 속삭이는 목소리가 들렸습니다.

'왕자님, 제가 옆에 있다는 사실을 잊지 마시기 바랍니다.'

왕자가 두려움에 떨며 손을 내렸습니다.

"이 반야만적인 왕국에서 결혼을 주례하는 성직자의 목소리가 앞에서 들렸습니다. 왕자의 옆에서 부드러운 비단옷이 스치는 소리가 희미하게 났습니다. 왕자가 천천히 손을 뻗어보니, 비단옷이 느껴졌습니다. 옆에 서 있는 숙녀의 손을 잡으라는 성직자의 목소리가 들렸고, 왕자가 오른손을 내밀어 보니 아주 작고 부드럽고 섬세하고 손에 닿는 느낌이 매우 우아한 누군가의 손을 쥘 수 있었으며, 왕자는 굉장히 기뻤습니다. 왕국의 관례대로, 성직자가 먼저 숙녀에게 왕자를 남편으로 맞겠는지 물었습니다. 이 물음에 대한 답으로 왕자가 이제껏 들어본 가장 아름다운 목소리가 부드럽게 흘러나왔습니다.

'그러겠습니다.'

"왕자는 대단히 기뻤습니다. 그녀의 느낌과 말씨가 왕자의 마음을 사로잡았습니다. 궁전의 숙녀가 다 아름다웠고, 망설임 징벌자가 왕자의 뒤에 서 있었으며, 왕자는 가려진 스카프를 통해 대담하게 대답했습니다.

'그러겠습니다.'

"성직자가 둘이 부부가 됐음을 선포했습니다.

"사람들이 분주하게 움직이는 소리가 왕자에게 들렸습니다. 스카프가 왕자의 얼굴에서 빠르게 풀렸고, 왕자가 놀라서 신부를 보기 위해 돌아섰습니다. 황망하게도 신부가 서 있던 자리에는 아무도 없었고, 왕자 홀로 서 있었습니다. 어떠한 질문이나 말 한마디도 못 하고, 왕자가 주위를 멍하니 둘러봤습니다.

"이때 왕이 왕좌에서 일어나 아래로 내려왔고, 왕자의 손을 잡았습니다.

"'제 아내는 어디 있습니까?' 왕자가 물었습니다.

"'그녀는 여기 있소.' 왕이 말하며, 연회장 한쪽에 있는 커튼이 쳐진 출입구로 왕자를 이끌었습니다.

"커튼이 젖혀지고 왕자가 안으로 들어가니 커다란 방이 있었고, 건너편 벽에는 사십여 명의 여인들이 일렬로 서 있었는데, 다 화려한 차림이었으며 매우 아름다웠습니다.

"그들을 향해 손을 흔들며 왕이 말했습니다.

'그대의 신부가 저기 있소! 가서 그녀를 데리고 오시오! 그러나 명심하시오. 이 궁궐에서 아직 결혼도 안 한 처녀를 데려가려 한다면, 그대는 그 자리에서 처형될 거요. 이제 더는 지체하지 말고, 가서 신부의 손을 잡으시오.'

"왕자는 마치 꿈속인 듯 천천히 숙녀들이 서 있는 줄을 따라 걸었고, 다시 뒤돌아 느리게 걸었습니다. 아무리 살펴봐도 신부라는 징후를 보이는 여인은 어디에도 없었습니다. 다들 옷차림이 유사했고, 낯을 붉히고 있었으며, 올려다보다가 고개를 숙였습니다. 여인들은 다 곱고 작은 손을 가지고 있었습니다. 누구도 말 한마디 하지 않았고, 신호를 보내기 위해 손가락 하나 까딱하지 않았습니다. 그녀들에게 내려진 명령이 아주 엄중했음이 확실했습니다.

"'왜 이리 머뭇거리는가?' 왕이 소리쳤습니다.

'내가 오늘 그대가 혼인한 숙녀와 같이 아름다운 여인과 결혼했다면, 조금도 망설이지 않고 데려가겠노라.'

"당황한 왕자가 다시 줄을 따라 걸었습니다. 이때 그중 두 여자의 표정에서 미세하게 변화가 보였습니다. 왕자가 앞을 지날 때, 가장 아름다운 여자 중 하나가 그에게 부드럽게 미소를 지었습니다. 마찬가지로 가장 아름다운 또 다른 여자가 살짝 얼굴을 찌푸렸습니다.

"'분명히 나와 결혼한 여자는 저 둘 중 하나다.' 왕자가 생각했습니다.

'하지만 둘 중 누구란 말인가? 둘 중 하나는 웃었다. 어느 여자든 이럴 때 남편이 다가온다면 웃지 않을까? 그러나 결혼한 사이가 아니어도, 그가 자기를 택하지 않은 덕분에 자신이 그를 얼토당토않은 파멸로 이끌지 않게 됐다는 안도감을 느껴 웃지 않겠는가? 다른 한편으로, 어느 여자든 남편이 다가와 자기를 몰라보고 가버린다면 찌푸리지 않을까? 사랑스러운 얼굴을 찡그리지 않겠는가? 그녀가 이렇게 생각할지 모른다. "저예요! 모르겠나요? 느끼지 못하나요? 어서요!" 그러나 결혼한 사이가 아니어도, 자기를 쳐다본다면 찌푸리지 않을까? 그녀가 이렇게 생각할지 모른다. "내 앞에 서지 말아요! 다음 다음번의 여자가 왕자님의 신부예요. 옆으로 두 번째 여자라고요. 저리 가세요!" 다시 생각해 보면, 나와 결혼한 여자는 내 얼굴을 볼 수 없었다. 그녀가 보기에 내 외모가 마음에 든다면 웃지 않을까? 반대로 내가 찌푸린 여자와 결혼했는데, 그녀가 보기에 내가 마음에 들지 않는다면, 자기의 불만을 억누를 수

있을까? 웃음은 진정한 사랑이 다가옴을 허용한다. 찌푸림은 더딘 다가섬에 대한 불평이다. 웃음은—'

"'이보시게!' 왕이 고함을 질렀습니다.

'십 초 안에 그대의 신부를 데려가지 않는다면, 방금 신부가 된 그 여인은 과부가 될 걸세.'

"왕의 말이 끝나자, 망설임 징벌자가 왕자의 뒤로 다가서서 말했습니다.

'여기 대령했나이다!'

"이제 왕자는 조금도 망설일 수 없었습니다. 왕자가 앞으로 나섰고, 둘 중 한 여자의 손을 잡았습니다.

"종이 크게 울리고, 사람들이 환호했으며, 왕이 왕자를 축하하러 다가왔습니다. 왕자가 그의 정당한 신부를 맞이한 것입니다.

"자, 이제," 먼 나라에서 온 다섯 이방인 사절단에게 고위 관료가 말했다.

"왕자가 미소를 지은 숙녀와 얼굴을 찌푸린 숙녀 중에 누구를 택했는지를 다섯 분이 결정해서 말씀해 주시면, 그 열린 문으로 숙녀가 나왔는지 호랑이가 나왔는지를 말씀드리겠습니다!"

최근까지 들려오는 소식에 따르면, 다섯 이방인 사절단은 아직도 결정을 내리지 못하고 있다고 한다.

작품 소개

 미국 작가 프랭크 리처드 스톡턴은 1834년 펜실베이니아주 필라델피아에서 목사의 아들로 태어났다. 그의 아버지가 스톡턴이 의학을 공부하기를 원했으나, 스톡턴은 어려서부터 스토리텔링에 깊은 관심을 보였고 뉴저지로 가서 목판공 일을 했다. 스톡턴은 다시 필라델피아로 돌아와 아이들을 위한 동화를 집필했다.

 1882년 그의 가장 유명한 소설인 "숙녀일까 호랑이일까?"를 발표하는데, 이 단편의 곤혹스러운 결말은 미국의 많은 학교에서 토론 주제로 떠오른다.

스톡턴은 이 외에도 이 단편집에 수록한 "여왕의 박물관", "오른의 벌치기꾼", "올드 파입스와 드리아드"와 같은 흥미로운 단편을 발표했다. 그는 교훈적인 설교조의 소설 대신 탐욕과 난폭함과 어리석음과 같은 인간의 결함을 유머러스하게 풍자한 소설을 썼다. 특히 이 단편집 후반의 "그리핀과 수도사", "숙녀일까 호랑이일까?", "망설임 징벌자"는 어른들을 위한 동화에 가깝다고 생각된다.

여기에 수록된 단편들을 간략히 살펴보겠다.

여왕의 박물관

어느 왕국의 수도에 여왕이 커다란 박물관을 지었는데, 여왕이 공을 들여 만든 박물관에 사람들이 아무런 흥미를 보이지 않자, 화가 난 여왕이 박물관에 흥미가 없는 시민들을 감옥에 가두기 시작한다. 이 도시로 한 이방인이 찾아오고, 감옥에 갇힌 시민들을 구하기 위해 모두가 흥미를 느낄 만한 물건을 찾아 길을 나선다. 이방인은 은둔처사의 제자를 만나고, 이어서 도둑 두목과 그 일당을 만난다.

이 소설은 처음부터 의문이 들게 한다. 왜 시민들은 여왕의 박물관에 흥미를 느끼지 못한 걸까? 왜 도둑들은 기껏 힘들게 훔쳐 온 약탈물에 멍한 표정을 짓고 실망했을까? 이 의문들의 해답은 소설 후반에 가서 밝혀진다. 그럼에도 여왕이 왜 하필 의류 쪽에 종사하는 사람들이나 흥미를 느낄 만한 것에 강한 애착을 가지게 됐는가 하는 의문은 여전히 남는다.

이 소설에는 몇몇 우스꽝스러운 장면이 있어서, 프랭크 스톡턴의 유머작가로서의 면모를 잘 보여준다. 등장인물들의 캐릭터 묘사나 이야기 전개도 흥미롭고, 이야기의 메시지도 명확하고 교훈적이다. 독자는 아마도 진정 훌륭한 박물관은 어떠해야 하는지, 혹시라도 개인적인 취향을 다른 이에게 강요한 적은 없는지 생각하게 될 것이다.

오른의 벌치기꾼

오른이라는 마을에 벌치기꾼이라 불리는 노인이 살았는데, 어느 날 한 젊은 마법사한테서 자기가 변신했다는 얘기를 듣게 된다. 이 얘기에 놀란 노인은 자기의 원래 모습을 되찾기 위해 길을 나서게 된다.

노인이 고귀한 신분의 뛰어난 인물이었을까? 아니면 비천하고 보기 흉한 어떤 것이었을까? 노인은 지금의 자신보다 나은 인물이었거나 못한 인물이었거나 상관없이 진실을 알고 싶어 한다.

벌치기 노인이 웅장한 저택에 사는 잘생기고 부유한 귀족을 보게 되고, 이어서 어둑어둑한 산의 동굴 앞에서 축 처진 젊은이를 만난다.

이 이야기에서도 남을 골탕 먹이기를 좋아하는 참된 도깨비와 활력 없이 늘 무기력하기만 한 축 처진 젊은이와 같이 작가의 유머러스한 인물 묘사가 빛을 발한다.

또한 소설 끝의 예상하지 못한 반전은 인간의 삶과 운명을 생각하게 한다.

올드 파입스와 드리아드

피리를 불어 산에서 풀을 뜯는 가축을 마을로 내려보내는 일을 하는 올드 파입스가 나이가 들고 그의 피리 소리가 힘이 없어지면서 가축이 피리 소리를 듣지 못하게 된다. 정직하고 마음씨 착한 올드 파입스는 자기가 하지 못한 일에 대한 보수를 돌려주려고 마을로 가던 중에 나무 안에 있는 드리아드를 꺼내주게 되고, 생각하지 못한 행운과 사건을 마주한다.

이 소설에서 메아리 난쟁이의 게으름과 이기심이 올드

파입스의 정직하고 착한 심성과 확실한 대비를 이룬다.

철딱서니 없는 소년을 꾸짖는 소녀와 철없다고 아들을 나무라는 어머니의 묘사도 재미있는 부분이다.

마법사의 딸과 군주의 아들

현명하고 훌륭한 마법사였던 아버지가 돌아가시고 홀로 남은 열세 살 나이의 필라미나는 여섯 의뢰인을 맞는다. 어린 성주城主 필라미나의 지시에 따라서, 그녀의 기이한 하인들이 늙은 여자 의뢰인이 부탁한 루트비어를 만드는데, 이튿날 독한 루트비어를 맛봐야 한다는 사실에 놀란 하인들이 꼬마 도깨비를 빼고 모두 성에서 도망간다. 충직한 꼬마 도깨비와 단둘이 남은 필라미나는 하인들을 찾아 나서고, 산기슭의 오두막에 사는 마법사와 마녀를 찾아간다.

이 이야기는 무엇을 왜 배워야 하는지와 제대로 된 교육을 받지 못하면 어떤 난관에 부딪치게 되는지를 얘기하고 있다.

인간적인 실수와 그릇된 생각과 헛된 기대와 과도한 욕심으로부터 비롯된 여섯 의뢰인의 문제를 해결하는 과정도 주목할 만하다. 마법사는 상인과 장군의 문제를 논리적인 추론과 균형 있는 판단으로 해결한다. 금을 얻고 싶어 하는 젊은이의 문제도 상식적으로 해결한다. 이어서 필라미나가 탐욕스러운 왕의 문제를 해결하는데, 그 결과 탐욕스러운 왕은 고통스러운 깨우침을 얻는다. 필라미나는 아름다운 처녀 또한 금을 얻으려는 젊은이와 마찬가지로 이룰 수 없는 기대를 하고 있음을 밝히고, 아름다운 처녀와 젊은이의 문제를 함께 해결한다.

그리핀과 수도사

어느 날 한 교회 문에 있는 자기의 석상을 보기 위해 조용하고 평화롭던 마을로 그리핀이 찾아오고, 마을은 커다란 공포와 혼란에 휩싸인다. 마을의 궂은일을 도맡아 하는 수도사가 그리핀을 만나서 이튿날 교회로 안내하고, 그리핀이 매일 자기의 석상을 감상하며 지낸다. 그리핀이 수도사를 좋아하게 되는데, 그리핀이 마을에 머무는 게 수도사 때문이라고 생각한 마을 사람들이 수도사에게 마을을 떠나 그리핀이 살던 무시무시한 황무지로 가달라고 요구한다.

스톡턴은 이 단편에서 인간의 이기심과 어리석음을 풍자한다. 이는 아래와 같은 마을 사람들의 말에서 잘 나타난다.

"이건 모두 당신 잘못이오." 사람들이 말했다.

"저 괴물이 우리 곁에 있게 된 거 말이오. 당신이 괴물을 마을에 끌어들였으니, 어떻게든 괴물이 떠나게 하시오. 괴물이 여기 계속 있는 것도 온전히 당신 탓이오. 괴물이 매일 자기 석상을 보러 가기는 하지만, 많은 시간을 당신과 보내고 있지 않소. 당신이 마을을 떠나면, 괴물도 마을에 머물지 않을 거요. 당신은 책임지고 반드시 마을을 나가시오. 그러면 괴물이 당신을 따라갈 테고, 그래야 우리를 위협하는 이 끔찍한 위험에서 벗어날 수 있소."

이처럼 마을 사람들은 이 이야기의 위험한 괴물이라는 재난이 닥쳤을 때, 가장 먼저 이성을 상실하고 비겁하게 이기적으로 행동한다. 따라서 괴물의 등장 이후 마을에서 벌어지는 희극은 우스우면서 한편으로 씁쓸한데, 인간의 나쁜 심성이 아프게 지적되기 때문이다.

모두를 위해 애써 온 수도사를 헌신짝처럼 매몰차게 내쫓은 마을 사람들을 굳이 변호하고 싶지는 않지만, 그리핀이 나타났을 때 사람들이 겁을 먹고 두려워하는 건 어찌 보면 당연하다. 수도사처럼 남을 위하는 마음이 큰 사람은 어디에나 드물기 마련이다.

이 이야기는 고결하고 훌륭한 행동을 한 수도사와 비겁하고 이기적이고 몰인정한 마을 사람들을 대비해서 보여준다. 그리고 이러한 대비는 그리핀이 마을에 나타나지 않았다면 드러나지 않았을 사실이다.

숙녀일까 호랑이일까?

이 단편은 프랭크 스톡턴이 쓴 가장 유명한 이야기이고, 그 결말의 물음은 해결할 수 없는 문제로 얘기되곤 한다.

왕의 따님을 사랑한 죄로 원형 경기장에 선 젊은이는 두 개의 문 중 하나를 열어야 한다. 두 문 중 하나에는 호랑이가 있고, 다른 하나에는 그와 결혼하게 될 숙녀가 있다. 젊은이가 왕 옆에 앉은 공주와 눈이 마주치고, 젊은이는 그의 예상대로 공주가 문의 비밀을 알아냈음을 알게 된다. 젊은이가 보내는 눈빛을 읽은 공주가 오른쪽으로 손을 움직이고, 젊은이는 두 문으로 다가가 오른쪽 문을 연다.

이야기는 여기서 끝난다. 작가가 결말을 밝히지 않았으므로, 나머지는 독자의 몫이고 독자 스스로 답을 찾아야 한다.

세상에는 답이 있을 것 같지만 답이 없는 문제가 있고,

답이 없을 것 같지만 답이 있는 문제가 있다. 처음 이 단편을 읽었을 때 해결이 불가능한 듯 보였으나, 결국 이 문제가 답이 없을 것 같지만 답이 있는 문제라고 결론 내렸고, 개인적인 답을 찾았다고 생각한다. 개인적인 생각이나 판단의 근거를 언급할 수는 없을 것 같은데, 독자의 생각과 판단에 개입하는 게 될 것이기 때문이다.

프랭크 스톡턴은 그 의문에 대답할 자격이 없다고 했고, 실제로도 답을 내놓지 않았다. 아마도 스톡턴은 독자 스스로 생각해보기를 바랐을 것이다. 스톡턴이 얘기하듯 인간 본성을 탐구해야 하고 인간이 가진 열정의 복잡한 미로迷路를 헤매야 할지 모르나, 이야기를 찬찬히 읽어보고 생각에 잠겨보는 것도 좋을 듯하다.

스톡턴은 반半야만적(semibarbaric)이라는 있지도 않은 말을 굳이 만들어 썼는데, 호랑이와 숙녀 중 하나를 택해야 하는 반반의 확률을 염두에 두고 쓴 말일 수도 있고, 어설픈 야만 또는 어설픈 문명을 비판하기 위해 만든 말일는지도 모르겠다.

동전의 앞뒤와 같이 호랑이와 숙녀 중 하나를 선택할 확률은 반반이다. 수학적, 기술적, 형식적인 반반의 확률은 겉으로만 공정해 보일 뿐이다. 실제로 기소된 사람의 유죄

여부를 그런 터무니없는 운명에 맡기는 재판은 그저 나태하고 무책임하고 야만적이다. 이 반야만적인 왕이 가진 망상의 허점은 자명하다.

그러니 어쩌면 어설픈 야만 또는 어설픈 문명이 차라리 온전한 야만보다 더 위험할 수도 있겠다.

망설임 징벌자

이 단편은 "숙녀일까 호랑이일까?"의 속편으로 쓰였다. 이 이야기를 세상에 내놓으며 짓궂게 회심의 미소를 지었을 작가의 모습이 상상되는데, "숙녀일까 호랑이일까?"보다 더 어려운 문제로 보이기 때문이다.

어느 날 포악한 반야만적인 왕에게 먼 나라에서 어느 왕자가 찾아와 궁궐의 아름다운 여인 중 하나와의 결혼을 요청한다. 화가 난 왕이 이를 승낙하고, 이튿날 왕자는 스카프로 얼굴이 가려진 상태에서 모르는 누군가와 결혼을 하게 된다. 왕자의 눈을 가린 스카프가 풀리고, 왕이 어느 방으로 왕자를 데려간다. 왕이 그곳에 늘어선 사십여 명의 숙녀 중에 있는 신부를 데려가라고 말하는데, 만약 왕자가 결혼도 안 한 처녀를 데려가려 한다면 그 자리에서 처형당한다고 경고한다. 숙녀 중에 가장 아름다운 두 여자가 미세한 변화를 보이는데, 둘 중 한 여자는 웃었고 다른 여자는 찌푸렸다. 왕자는 그와 결혼한 여자가 둘 중 하나라고 생각한다. 왕이 어서 선택하라고 재촉하고, 왕자의 뒤로 언월도를 든 망설임 징벌자가 다가선다. 왕자가 더는 망설이지 못하고 둘 중 한 여자를 선택한다. 그녀는 누구일까?

그나마 다행히 이 단편에서는 왕자가 그의 정당한 신부를 맞이했다는 결말을 밝혀놓았지만, 그 결말에 이르는 과정은 여전히 의문으로 남는다.

마지막으로 프랭크 스톡턴의 단편을 번역하면서 오늘날의 정서와 어긋난다고 생각되는 부분이 일부 있어, 이를 약간 부드럽게 순화하여 표현했음을 밝혀둔다.